JN324073

太田忠司

自ら体験した不可思議な話，求む。高額報酬進呈（ただし審査あり）。——新聞の募集広告を目にして酒場を訪れた老若男女は，奇談蒐集家を名乗る恵美酒と美貌の助手・氷坂を前に，怪奇と謎に満ちた体験談を披露する。シャンソン歌手がパリで出会った，運命を予見できる魔術師。少年探偵団の眼前で，少女の死体と入れ替わりに姿を消した魔人。冬薔薇が咲き誇る洋館に住む美しき館の主からの奇妙な申し出……。数々の奇談に喜ぶ恵美酒だが，氷坂によって不思議な謎は見事なまでに合理的に解き明かされる！

安楽椅子探偵の推理が冴える連作短編集。

奇談蒐集家

太田忠司

創元推理文庫

ALL FOR A WEIRD TALE

by

Tadashi Ohta

2008

目次

奇談蒐集家

自分の影に刺された男

1

濡れたアスファルトがネオンサインの光を反射して、様々に色を変えていた。

雨上がりの舗道に傘を手にした男女が行き交《ゆか》い、車が間を裂くように通りすぎていく。場末《ばすえ》という言葉が似つかわしい、あまり栄えているとはいえない歓楽街の表通りは距離にして二百メートルほどだろうか。きらびやかに光を放っているのはパチンコ屋とコンビニくらいで、バーやスナックといった看板を掲げた店は、灯《とも》された照明もどこか控えめに感じられた。

そんな舗道の途中で足を止め、仁藤晴樹《にとうはるき》はあたりを見回した。

指示された場所が見つからない。それらしい曲がり角がないのだ。

やはり担《かつ》がれたのだろうか。仁藤は引き返したくなってきた。ただでさえ夜道は危険だ。いつ〝あいつ〟が襲いかかってくるか、わかったものではない。

タクシーが一台、ヘッドライトを輝かせながらこちらに向かってくる。禍々《まがまが》しい光が自分に襲いかかろうとしている。仁藤は悲鳴をあげてシャッターを下ろした花屋にへばりついた。間一髪、光は彼の足許を薙《な》ぐだけで過ぎ去った。中年女性が不審げな一瞥《いちべつ》を与えながら、行きすぎていった。

溜息を吐《つ》き、仁藤は首を振る。もう帰ろう。どうせガセに決まっているのだ。と、そのときに気づいた。花屋の向こう、斜めに細い路地が続いている。

ここか。

仁藤の足はそちらに向かっていた。車一台通るのがやっとの狭い裏通りだ。道の両側は朽ち果てたような家屋が立ち並んでいる。彼にとって幸いなことに、薄暗く静かだった。

その路地に入ったとたん、奇妙な感覚を覚えた。立ち眩《くら》みを起こしたような、軽い浮遊感。気がつくと、表通りの雑音が消えていた。

空気も違うような気がする。歓楽街特有の饐《す》えた臭いが失せ、古い屋敷に入ったときのような、かすかに黴《かび》臭い、湿った風を感じた。

振り返ると、今までいた表通りの風景が長方形に切り取られて背後にあった。まだ引き返せる。意味もなくそう思った。実際、そうしようと思った。が、通りすぎる車のライトが彼の気持ちを翻《ひるがえ》させた。表に出たとたん光を浴びせられ、〝あいつ〟に襲われるような気がしてならなかった。

そのまま路地を進む。人の姿はなかった。が、立ち並ぶ家の磨《す》りガラスの窓に影が浮かび上がり、仁藤を驚かせる。自分のものではないとわかっていても、気分のいいものではなかった。

やがて眼の前に小さな明かりが見えた。それまでの建物とはまるで趣《おもむき》の違う石造りの壁に、重々しい木製のドア。どちらかというとヨーロッパの古い町並みの中にこそ似つかわしいような、そんな建物だった。明かりはドアの上に据えつけられた百合《ゆり》の花を模したランプで、それがドアに打ちつけられたプレートを照らし出している。

「strawberry hill」

そのとき初めて、仁藤は自分の勘違いに気づいた。新聞広告に眼を留め、そこに記されていた電話番号にかけ、そこで面接場所として指定された店の名前を耳にしてから、ずっと彼の頭の中にはビートルズの曲が流れていた。しかし違うのだ。ここは「ストロベリー・フィールズ」ではない。

自分の間違いに苦笑を浮かべながら、仁藤はドアを押した。思ったより重かったが、ドアは音もなく開いた。

中は間接照明だけの薄暗い空間だった。

無意識に足許を見る。〝あいつ〟はいない。

落ち着いた木目の壁と床で構成された、細長い店だった。艶のある木製のカウンターが右手に延びている。スツールは九つしかない。

壁際の棚には酒のボトルと様々な形のグラスが整然と並べられていた。

カウンターの中にはバーテンダーの服を着た四十がらみの男が立っている。

「いらっしゃいませ」

響きのいい声だった。黒い髪をきれいに撫でつけ顎鬚《あごひげ》も丁寧に整えられている。一分の隙もないその姿に、仁藤は気後れを感じた。

「こちらへどうぞ」

戸口に突っ立ったままの彼に、バーテンダーが一礼した。言われるまま仁藤はカウンターに近づく。

「あの……」

おずおずと切り出す。

「エビスというひとと、ここで会うことになってるんですが……」

まさかこの男が「エビス」ではあるまいと思いながら、仁藤が問いかけると、

「はい、お伺いしております」

バーテンダーは心得顔で、

「もう、いらっしゃっていますよ」

店の奥に視線を向けた。そこに木製のドアがあった。これもまたヨーロッパの古い家にありそうな、木彫《もくちょう》を施したアンティークなドアだ。

バーテンダーはカウンターから出ると、そのドアをノックした。

「お約束の方がお見えですよ」

一拍の間を置いて、返事が聞こえた。

——通したまえ。

男の声だった。電話口で聞いた声とは違う。

バーテンダーはドアを開け、

「どうぞ」

仁藤を促す。彼は自分が緊張していることを感じながら中に入った。

二十畳程度の広さの部屋だった。店と同じく室内はシックな色合いの木製調度と壁で構成されている。壁に据えられた戸棚には年代物らしい本が隙間なく並べられ、その隣にはこれもまた古めかしい地球儀やチェスの盤、おそらくはギリシアかローマの芸術品のレプリカであろう裸婦の大理石像といったものが脈絡もなく飾られていた。天井にもヨーロッパの教会にあるような絵が描かれている。

しかしそういった部屋の様子に注意が向いたのは、少し後のことだった。それよりも先に彼の眼に飛び込んできたのは、中央の革製ソファに腰を下ろした人物の姿だった。

年齢を言い当てるのは難しかった。四十歳くらいかもしれないし、六十歳を超えているかもしれない。でっぷりとした体付きで顔にも弛《たる》みがあるが、肌は赤ん坊のように艶やかだった。髪は天然なのかパーマをかけたのか、音楽室に掲げられているベートーベンの肖像画のようにもじゃもじゃとしており、大きな鼻の上に丸縁の眼鏡を載せていた。鼻の下にはヒトラーのようなちょび髭を生やしている。こんな髭を生やした人間を仁藤は初めて眼にした。身につけているのは古めかしいデザインのツイードのスーツ、ネクタイもきっちりと締め、胸ポケットからはネクタイと同じ色調のハンカチーフが覗いている。手前に置かれた木製テーブルには真鍮《しんちゅう》製の灰皿と大振りのロックグラスが置かれていた。

「やあ、君が仁藤晴樹君かね？」

男は赤ら顔を緩めて訊いてきた。映画でショーン・コネリーあたりの吹き替えができそうな、低音の声だった。

「はあ」

我ながら気の抜けた返事だと思いながら仁藤が頷くと、

「よろしいよろしい、よく来てくれた。君の到着を今か今かと待っておったんだ。さあ、ここに座りたまえよ」

と、向かい側のソファを煙草——いや、煙草ではない。細巻きの葉巻のようだ——を挟んだ指で指し示した。

仁藤が座ると、男は大仰《おおぎょう》な仕草で葉巻を吹かした。白い煙が拳のように丸くなり、仁藤の鼻先をかすめる。特有の甘ったるい匂いに、思わず咳き込んだ。

「失礼、君はシガリロを好かんようだな。しかし儂《わし》にはこれが欠かせんのだ」

さらにひと吹かしすると、男は突然尋ねてきた。

「人生に必要なものは何か、君は知っとるかね？」

「は？　え……？」

咄嗟《とっさ》のことに、言葉が出ない。しかし男は彼の返答など最初から期待していなかったかのように、言った。

「人生に必要なもの。それは美味《うま》いシガリロ、美味い酒、そして、君が今宵《こよい》、儂に語ってくれるものだ。そう、摩訶不思議な物語だよ」

男はシガリロを灰皿に置くと、代わりにロックグラスを手に取って、丸い氷を浮かべた琥珀《こはく》色の液体を口に運んだ。

「うん、今宵のスプリングバンクはことのほか美味い。さぞかし君の語る物語も儂の期待どおりのものだろうて」

「決めつけるのは、まだ早いですよ」

不意の声に、仁藤は思わず振り返った。その瞬間、背中の傷が鋭い痛みを発した。彼は顔を顰《しか》めながら全身を回転させて背後を見た。

人がひとり立っている。

後から入ってきたのだろうか。いや、ドアが開く気配はなかった。ということは、前からこの部屋にいたことになる。しかし仁藤は、自分と眼の前の男以外の人間の存在にまったく気づいていなかった。

その人物はカジノのディーラーのような服を身につけていた。背丈は百七十センチほどだろうか。ショートボブにした髪は銅のような色に染められている。肌の色は透き通るように白く、形のいい唇は艶やかなローズピンクに塗られていた。切れ長の眼は冷たく感じるほどの光を浮かべ、耳朶《じだ》を飾るピアスは照明を受けて氷の輝きを放っていた。

「この方の話を聞いて、本当のことかどうか吟味しなければ。ありもしない与太《よた》話か、取るに足らない勘違いかもしれませんから」

男にしては高く、女にしては低い声だった。最初は容貌や体のラインから女性であろうと推測したのだが、見つめているうちに自信を失くした。その人物はどこか、男女の区別を超えた存在のように思えたのだ。

「つくづくおまえは懐疑的だな。面白くない」

もじゃもじゃ頭の男が面白くなさそうに呟いた。しかしディーラー服の人物は意に介する様子もなく、男の背後に回り込む。

「さあ、さっさと始めてしまってはどうです？　まだ自己紹介もしていないのでしょう？」

「ああ、言われんでもわかっとるよ」

男は不機嫌に唇を突き出してみせたが、仁藤に向き直ると即座に機嫌を直して、

「いや、失礼した。儂はこういう者だ。見知り置いてくれたまえ」

と、内ポケットから一枚の名刺を取り出して仁藤の前に差し出した。

【奇談蒐集家　恵美酒《えびす》　一《はじめ》】

表にはそう記されているだけで、住所も電話番号もない。引っくり返してみても「Hajime Ebisu」とあるだけだ。

「ここにおるのは氷坂《ひさか》と言ってな、儂の……まあ、助手みたいなものだ」

恵美酒は背後にいる人物を紹介する。氷坂は何を言うわけでもなく、静かな視線で仁藤を見

つめていた。仁藤は居心地の悪さを感じて首を竦《すく》めた。

「さて、名刺に書いたとおり、儂は奇談を集めておる。奇談、わかるかな？　奇妙で不思議な話だ。この世のものとも思えない、血も凍るような恐ろしい話。世の常識を引っくり返してしまうような、信じられないほど滑稽《こっけい》な話。一度聞いたら二度と忘れられんような、突飛《とっぴ》な話。そんな話を集めておるのだよ。しかし儂を満足させてくれるような奇談は、なかなか見つからん。まあ、希少だからこそ奇談なのだがな。だから致し方なく新聞に募集広告を打ったのだ」

募集広告——それが仁藤の眼に飛び込んできたのは本当に偶然だった。普段は新聞で読むのは社会面とかスポーツ面ばかりで、その手の記事は飛ばしていたのだ。しかしその日は——というよりここ最近は新聞をじっくり読むだけの時間があるせいで、いや、新聞を読んで時間を潰すしかないせいで、いつもなら眼も向けないところまで読んでしまったのだった。

【求む奇談！　自分が体験した不可思議な話を話してくれた方に高額報酬進呈。ただし審査あり】

不可思議な話——それなら、ある。とても不思議で、恐ろしく、しかし誰も信じてはくれない話だ。おかげで自分は今、人生の敗残者となりつつある。このままでは職を失い、すべてのひとから信用を失い、惨めに朽ち果てていくしかないのだ。

「信じて……くれるのですか」

仁藤は思わず口にしていた。

「あなたは、私の話を、信じてくれるのですか」

「それは、まだわからんな。君の話を聞いておらんのだから。報酬も、話を聞いてから考えることになる」

恵美酒は勿体《もったい》ぶった言いかたをする。

「報酬なんてどうでもいいのです。とても、とても不思議な話なので、その、誰も信じてはくれなくて……」

「そうそう、そうでなくてはならん」

恵美酒は嬉しそうにシガリロを燻《くゆ》らした。

「誰も信じんような、しかし本当にあった話こそ、儂が求めておるものだ。君、酒は要るか」

「……いえ、結構です」

「そうか。いいスコッチなのだがな。まあいい、君の話を是非とも聞かせてくれ」

「……はい」

恵美酒に促され、仁藤は重い口を開いた。

2

私はこの市の教育委員会の学校保健課に勤めています――（と、仁藤は話しはじめた）。仕事は、とても地味なものです。定例会議の準備をするとか名簿を作るとかホームページのメンテナンスとか、そういうことばかりで。

家族はいます。妻と、それから娘がひとり。小学生です。妻とは職場で知り合って十年前に結婚しました。今は郊外の市営団地に住んでいて……あ、こんな話は、関係ないですね。でも、私という人間のことを少し知っていただかないと、これからお話しすることを理解してもらえないんじゃないかと思って……とにかく、要点だけ話すようにします。

私は子供の頃から、人一倍気が小さくて臆病な人間でした。他の人間なら何とも思わないようなものが怖くて怖くて、いつも怯《おび》えて泣いていました。例えば……そう、打ち上げ花火が大嫌いでした。音が大きいのも怖かったんですが、空一杯に広がってから覆い被さってくるような感じが恐ろしくてしかたなかった。だから親が夏祭りに連れていこうとすると泣いて厭がりました。

犬も怖かったですね。小さい頃、近所で飼っていた大きな犬に追いかけられたことがあったんです。逃げているときに転んで、覆い被さられて、大きな舌で顔中を舐《な》められました。向こうは親愛の気持ちで舐めたのかもしれませんが、私はただ恐ろしかった。あのべっとりとした舌の感触を、今でも忘れられません。だからどんなに小さな犬でも近づくことができないんです。娘が犬を飼いたいと言い出したときも大反対しました。娘は泣いて頼んだんですが、これればかりは駄目です。

その他にも怖いものはたくさんあります。高いところとか薔薇《ばら》の棘《とげ》とか蛇とか、もちろん幽霊とかお化けの類《たぐい》も全然いけません。

そんな中で、自分でも変だと思いながら、どうしても怖くてしかたないものがあります。

自分の影です。

きっかけは大学のときでした。私は家の経済的な事情もあって、夜学に通っていたんですよ。昼間は小さな建築会社で事務のバイトをして、夜になると大学に通っていました。講義を終えて帰るのは夜の十時過ぎでした。肉体的にはそうでもなかったのですが、精神的には結構疲れる毎日でした。職場では最年少で、意地の悪い社員に厭味《いやみ》を言われたり露骨に苛《いじ》めを受けていました。大学のほうでも友達付き合いが悪くて、特に気を許して話のできるような相手はいませんでした。いつだって独りだったんです。

大学に通うときは、大きな公園の中を通っていました。戦前からある古い公園で、噴水とか野外ステージといった施設もずいぶんと古びていて、昼間に見る分には趣もあったんでしょうが、夜中、ひとりで家に帰ろうとしているときには、あまり気持ちのいいものではありませんでした。

公園には大きな駐車場も併設されていました。ここは何の施設もない、広いだけの場所です。しかもたくさんの街灯に照らされていて明るかったので、公園の中よりはずっと安心できる場所でした。いや、安心できる場所だと思っていたんです。あのときまでは。

その日もひどく疲れていました。仕事場でも大学でも厭なことがあって、とても惨めな気分でした。空気は暖かだったのに、気持ちは寒々としていて、俯《うつむ》きながら歩いていました。

そのとき、気がついたんです。自分の影が、ひとつだけではないということに。

私は駐車場のほぼ真ん中にいました。周囲を囲む街灯から光を浴びせられていたんです。だから影が幾つかできても不思議ではありませんでした。ただ自分の足許を中心にして放射状に伸びている影が、何だかとても不思議なものに思えました。後ろを振り返ってみると、そちらにも影があります。

厭な気分でした。気がつかないうちに影たちが自分を取り囲んでいるような気がしたんです。私は影の数を数えました。七つあったと思います。

少し歩いてから、また気になって影を数えました。やっぱり七つ。長さや濃さは少し変わっていましたが、最初に気づいたときと同じです。でも、しばらく歩いていると、また気になってくるんです。

もう一度立ち止まって周囲を見回していたときです。

「おい、何やってるんだ？」

不意に声をかけられ、飛び上がるほど驚きました。

同じ学部で講義を受けている学生でした。人見知りの激しい私ですが、彼とは何度か言葉を交わしたことがあったのです。といっても、その程度の仲でしたけど。

「落とし物かよ？」

私が足許をきょろきょろと見回していたので気になったのでしょう。彼はもう一度訊いてきました。私は答えました。

「影が幾つあるのか数えてるんだ」

「……はあ？」

「影だよ。自分の影が今どれだけあるのか、気になってしかたないんだ。そういうことって、あるだろ？」

私の返答に、彼は変な顔をしてみせました。

「そうか……ふうん……」

彼は、さっさと行ってしまいました。どうやら彼は私のことをよほどの変人と見限ってしまったみたいです。それ以降、あまり話しかけてこなくなりました。

次の日も、帰りに駐車場を通るとき、自分の影が幾つあるのか気になって数えてしまいました。その次の日もです。影を数えることが強迫観念になってしまったようでした。何度数えても七つしかなかったんですけどね。

正直なところ駐車場を通るのが厭になっていたんですが、家に戻るにはそこを突っ切るのが一番の近道だったので、しかたなく通っていました。

そんなことが続いたある夜のことです。いつものように駐車場に差しかかり、自分の影が増えました。今日は無視しようと思っていたのに結局我慢できず、後ろを振り返って自分の影を数えてしまいました。

そのときです、背後に伸びていた影がひとつ、不意に動いたような気がしました。

あ、と思いました。私は首を巡《こうべ》らして影を数えていただけなので、影全体が動くわけがなかったんです。なのにその影だけは、まるで全身を揺らすような格好をしたんです。

一瞬のことだから見間違いかもしれないと思って、もう一度自分の影をひとつずつ数えてみました。

八つありました。

いつも七つしかないのに、その日は影がひとつ多かったんです。

私は訳もなくぞっとしました。

そのときでした。またも影がひとつ、ゆらりと揺れたんです。

思わず悲鳴をあげました。影はまるで脅かすようにゆらゆらと揺れながら、じっと私を見ていたのです。

もちろん影に眼はありません。でも、影は私を見ていました。そう感じられたのです。

私はその場から逃げ出しました。家までどうやって帰ったのか覚えていないくらいです。

以来私は、影が怖くなってしまいました。

といっても、すべての影が怖いわけではありません。日中、太陽の陽差しが作る影などは、全然怖いとは思いません。恐ろしいのは夜、車のヘッドライトや広告の明かりや家の窓から洩れてくる光が作る影です。その中に、〝あいつ〟が潜んでいるような気がしてならなかったのです。

〝あいつ〟と今、言ってしまいましたね。そう、私が恐れたのは自分自身の本当の影ではありません。私の影の中に紛れ込む、何だかわからない存在なのです。そいつは私の影であるかのような振りをして私に付きまとっているのです。そんなのが後ろにいて今にも襲いかかろうとしているのではないかと思うだけで、気が変になりそうでした。〝あいつ〟がなぜ私に悪意を持っているのか、どうして影に紛れているのか、その理由はわかりません。でもたしかに〝あいつ〟は私を狙っているのです。

私はその次の日から、帰宅の道順を変えました。大きく遠回りすることになるのは承知で、公園も駐車場も通らずに、街灯もほとんどない、暗い道を選んで帰るようにしたんです。明かりのない真っ暗な道は別の意味で怖い場所でしたが、そのときの私には影の恐怖以上に恐ろしいものはなかったのです。両親は帰宅時間が遅くなったことを不審に思っていたようですが、理由は話しませんでした。信じてもらえるとは思えなかったからです。

影の中に潜む〝あいつ〟は私が慎重に行動していたせいで、なかなか姿を現すことができずにいました。でも狡猾な奴でしたから、ふと気を抜いたときなどにひょっこりと姿を見せて、私を驚かせました。

一番驚いたのは大学卒業前にゼミの追い出しコンパが開かれたときです。二次会でカラオケの店に行きました。人前で歌うのも好きじゃないので、そういう場所にもほとんど行かなかったのですが、主賓ということで無理矢理ステージみたいなところに立たされたのです。そしたらいきなり、赤や青や黄色のスポットライトが私に向けられました。眩しさに一瞬眼を閉じた後、すぐに恐ろしいことに気がつきました。私はよせばいいのに後ろを振り返ってしまいました。

背後の壁に色とりどりの影が躍っていました。そしてその中にひとつだけ、間違いなく他の影とはまるで違う動きをしている奴がいたのです。それは両手を上げてこちらに飛び掛かってくるような格好をしていました。

〝あいつ〟でした。

後でその場にいた人間に聞いたんですが、私はそのとき文字どおり絶叫して、その場にぶっ倒れてしまったそうです。気がついたときは病院のベッドの中でした。

急性アルコール中毒、という診断を受けました。実際、自分の許容量以上の酒を飲んでいたのは事実です。しかし私が気を失ったのは、決してアルコールのせいではありませんでした。

卒業して現在の職場に就職した後も、私はずっと影に怯えていました。今の家内と知り合い、デートをするようになっても、なるべく休日の日中を選んで会うようにしていました。彼女には夜が好きじゃないと変な言い訳で誤魔化していたんですが、少し変わっていると思われたものの、嫌われはしなかったようで、結局、彼女と結婚することになりました。

ふたりで暮らしはじめ、やがて娘が生まれました。そうこうしているうちに、気がつくと影――〝あいつ〟のことをあまり気にしなくなっていました。もともと驚かされることはあっても、実際に危害を加えられたことはありませんでしたし、こちらが注意していれば襲われるようなこともなかったのですからね。それに仕事も忙しくなり夫や父親としての責任も背負うようになって、正直なところそんなことで怖がっているわけにもいかなくなってきたのです。いつしか私は、自分が影を怖がっていたことさえ忘れてしまいました。

このままずっと、忘れていられたらよかったんですが……。

私が勤めている市役所は周囲も他の庁舎に囲まれている、いわゆる官庁街にあります。庁舎と庁舎の間は碁盤の目のように道路が走り、深夜まで街灯が道を照らしています。

そう、あの公園の駐車場とよく似た状況にあるのです。そんなところを夜になって歩くとなると、さすがにいい気持ちはしなかったのですが、幸いなことに私の仕事は定時で終わることが多く、街灯が活躍する時刻まで職場に残るようなことは滅多にありませんでした。だからこそ〝あいつ〟のことを忘れていられたのです。

しかし半年前から事情が変わりました。課内で組織変更があり、それに伴って私の仕事が今までより増えました。中でも一番厄介なのが学童の健康診断結果や予防接種の実施状況、病歴などのデータを集計してパソコンに入力するという、地味ですが結構時間のかかる仕事です。この前の選挙で当選した市長の公約が学童の健康管理の推進というものだったので、その手の仕事が一気に増えてしまったのです。

もともとパソコンの扱いには慣れていないほうだったので、私には難儀な仕事でした。こんなこと、もっと若くてパソコンに精通した人間にやらせればいいのにと思ったのですが、上からの指示には逆らえません。幸い職場の後輩で学生時代からパソコンで遊んでいたという男がいて、彼に手伝わせることにしました。私より人見知りが激しくて陰気で仕事の能率も悪く、みんなからあまり良い評判を得られてはいない人間だったのですが、私が頼み込んで助手にしたのです。

一緒に仕事をしてみると、彼の要領の悪さは際立っていました。パソコンを扱う手付きは見事なものでしたが、それ以外の事務的な能力は皆無といってもいいでしょう。正直なところ、こういう仕事でなければ絶対に彼とは組みたくないと思いました。入力のほうは楽になったんですが、他のところで手間を食うようになって、結果的に夜遅くまで仕事をしても終わらずに、データを家に持ち帰って自分のパソコンで仕事を続けるということが多くなりました。この仕事のために、わざわざ自分のパソコンを買ったのですよ。

あれはちょうど事件の起きる一週間前のことです。例によって仕事が長引き、役所を出たのは夜になってからでした。バス停までの舗道は街灯に照らされていました。

「ああ……」

思わず溜息を声にしてしまいました。

「どうしたんですか」

後輩が訊きました。彼も私について残業してくれていたのです。

「いや、厭なことを思い出してね」

私は学生時代から自分を脅かしていた〝あいつ〟のことを彼に話したのです。もちろん、彼が信じるとは思っていませんでした。気が滅入っていたので、つい愚痴《ぐち》がわりに喋ってしまいたくなったのだと思います。

「あの頃は昼間のバイトと夜の大学で心身ともに参っていたからね、きっと弱った神経が幻を見せたんだと思うよ」

　と、話のオチを付けることも忘れませんでした。そうでないと自分がただの臆病者のように思われてしまうのが厭だったのです。

「影がねえ……」

　後輩は感心したような嗤《わら》ったような、そんな表情で自分の周囲を見回しました。

「ああ、たしかに影が幾つかありますね」

「え？」

　私は思わず下を見ました。彼が言うとおり、色の濃さが違う影が、私の足許から幾つか伸びていたんです。

　そのとき、ずっと忘れていたあの恐怖が、蛇が鎌首をもたげるように甦ってきたのです。

「たしかにあるな。まあ、たいしたことじゃない」

　私は何でもないように歩き出しました。街灯と舗道に面した店や自動販売機の明かりが交錯して私たちを照らしていました。私の影はずっとずっと私に張り付いていました。

　影を確かめたい。自分の影が幾つあるのか数えたい。そんな衝動がどんどん高まってきました。しかし後輩が見ている前でそんなことをしたら、物笑いの種になると思って我慢しようとしました。

　でももし、影の中に〝あいつ〟がいたら。〝あいつ〟が私の死角から今にも襲いかかろうとしていたら……。

そう思いはじめると、もう我慢できませんでした。私は歩きながら下を向き、影を数えました。

そのときです。私の右側に伸びていたひとつの影が、突然片手を上げたのです。

思わず声をあげました。

「どうしました？」

後輩が不思議そうに訊きました。

「なんか、変な顔してますよ」

無遠慮な訊きかたでした。しかしすぐには返事もできませんでした。

「……なんでも……何でもないんだ」

無理に誤魔化してその場を凌《しの》ぎました。バス停で彼と別れ、バスに乗って団地前で降りると、そこから団地の入口までの舗道も街灯に照らされていました。そうだ、ここも影のいる場所だったのだと、あらためて思いました。私は身を縮め、絶対に地面を見ないようにして一目散に舗道を駆け抜けました。自分の家のドアを開けるまでの心細さといったら……。

帰ってきた私を見て、妻はびっくりしていました。

「どうしたの？　幽霊でも見たみたいな顔してるわよ」

そう言われても、返事はできませんでした。

その夜は食事もあまり食べられませんでした。持ち帰ったデータを入力する仕事も、ほとんど捗《はかど》らない。自棄《やけ》になってビールを何本か空け、ベッドに潜り込みました。でもなかなか寝つけませんでした。

　翌日は可能な限り仕事に集中して、絶対に残業にならないように頑張りました。しかし後輩が基本的なところでミスをしてくれたおかげで、半日分の仕事がおシャカになってしまったのです。普段声を荒らげたことのない私ですが、さすがにこのときは怒鳴ってしまいましたよ。後輩はひたすら謝ってくれましたけどね。

　で、結局その日も残業です。暗くなってから後輩と一緒にバス停に向かうのは、ひどく気の滅入ることでした。後輩がしきりに今日の不手際を謝りつづけるのも、かえって鬱陶《うっとう》しく感じられました。

　ご存知かどうかわかりませんが、官庁街はビルとビルの間が結構狭くて、その細い道には明かりもなく、ほとんど真っ暗なんです。私はよほどそちらの路地に入り込んでしまおうかと思いましたが、後輩が一緒にいる手前、そんな真似もできませんでした。いくつかの明かりに影を作られながら、我慢して歩いていくしかなかったのです。

「僕も、気になってきました」

　不意に、後輩が言いました。

「何が？」

　問いかけると、後輩は肩を竦めて、

「自分の影です。幾つあるのか、気になってしかたなくなってきました」

　余計なことを言う奴だ、と怒鳴りつけたくなりました。せっかく我慢していたのに。

私は憤《いきどお》りながらも、無意識に足許に眼を向けていました。そして、見てしまったんです。〝あいつ〟でした。私の影の中に紛れ込んで、私を狙っていた奴が、いたんです。手を振り上げているのは今までにもあったことです。しかしその日の〝あいつ〟は、それだけではありませんでした。振り上げた手に、何かを持っていたんです。

何か――それが何なのか、次の瞬間にわかりました。先端が尖っていたのです。まるでナイフのように。

私はまたまた悲鳴をあげました。

「あ、どうしたんですか!?」

後輩が呼び止める声も振り切って、私は舗道を駆け出しました。すぐ眼の前にあった暗い路地に飛び込み、無我夢中で走ったのです。

気がつくと別の大通りに出ていました。ここも街灯や広告の明かりに照らされています。私は光を避けるように路地と大通りの境目に突っ立っていました。折よくタクシーが近づいてきたので、手を振って停め、大急ぎで乗り込みました。タクシーの中は暗かったので〝あいつ〟は追ってこられないようでした。そのまま団地の真ん前まで乗っていきました。

翌日、後輩と顔を合わせるのがとても気詰まりでした。何があったのかともう一度訊かれると、何と答えたらいいのかわからなかったんです。まさか自分の影が刃物を振りかざしていたなんて言えませんからね。

しかし後輩は私の顔を見ても朝の挨拶をするだけで、特に何も訊こうとはしませんでした。

それだけでも充分にありがたいことでしたよ。

その日も例によって面倒で地味な仕事に追われつづけました。今度は私が心ここにあらずで、いつもとは逆に後輩にミスを指摘されてしまうような状態でした。もちろんその日も残業確定です。それでも足りずに、やはり仕事を持ち帰らねばなりませんでした。

しかし、昨日のような失態はもう繰り返したくありませんでした。帰り際になって、私は後輩に言いました。

「今日はちょっと寄っていくところがあるから、君は先に帰ってくれないかな」

「寄っていくところって、どこですか」

「いや、ちょっとしたところだよ。個人的な用事だ」

そう言うと後輩は、したり顔で頷いて、

「わかりました。じゃあ、お先に失礼させていただきますね」

と言いました。なんだか下品な想像をされたような気がして気持ちよくはなかったのですが、言い訳もできませんでした。

後輩が職場を出て十分ほどしてから、私も市役所を後にしました。

庁舎の前は街灯が煌々《こうこう》と明かりを落としています。舗道に出れば間違いなく影たちに取り囲まれるでしょう。その中にはきっと〝あいつ〟も紛れ込んでいるはずです。そして今度こそは、私に直接危害を加えてくるに違いない。

昨日のようにタクシーを捕まえて乗り込むということも考えましたが、毎日そんなことをしていると、ただでさえ乏《とぼ》しい自分の小遣いがたちまち費《つい》えてしまいます。それ以外の方法を、私は昼間のうちに考えていました。昼休みに官庁街の地図を広げ、道順を確認しておいたのです。

市役所の前に出て、すぐ右に曲がり、県庁の東庁舎との間を抜けて裁判所と合同庁舎の間に入る。そこから寺の塀沿いに進めば突き当たりの三叉路近くにバス停があります。いつもより一区間分長く歩くことになりますが、このルートなら危険を冒すことなくバス停まで辿りつけます。大学時代に駐車場を迂回したときと同じでした。

難関は一番最初、市役所から出て県庁と東庁舎の間に飛び込むまでの間です。私は愛用の鞄をしっかりと抱え、勢いをつけて飛び出しました。

路地に飛び込むまでは息もできませんでした。歯を食いしばって走りつづけました。幸いなことに、何事も起きませんでした。気を緩めそうになるのを引き締め、私は先を急ぎました。庁舎の窓から明かりは洩れてきますが、それは地面に影を落とすほどではありませんでした。裁判所のあたりも同じです。十字路に街灯がひとつ灯っていましたが、光を避ければ影も生まれません。恐ろしかったのは車がやってくることでしたが、幸いなことにそれもなく、ヘッドライトに脅かされることもありませんでした。

これなら大丈夫だ、と気持ちがやっと楽になってきました。寺の塀の内側は墓地だったので、もちろん明かりなんてありません。本当なら薄気味悪いくらいに暗いところなのですが、そのときの私にとっては天国のように安穏な場所でした。ここを抜ければ三叉路まであと少しです。

私は足を速めました。

そして三叉路に出たときでした。いきなり強い光が私に降り注いできたのです。

私は立ち竦んでしまいました。

赤い光でした。無数の赤い光が明滅《めいめつ》しながら私を襲ってきたのです。

パイロン、バリケード、そして赤く点滅するランプ……それらを啞然としたまま見ているうちに、やっと気づきました。工事です。ガスか水道かわかりませんが、道路を掘り返して工事をしているのでした。赤い光は工事現場を示すための照明灯だったのです。

自分が赤く照らされていることにやっと考えが至りました。いくつもの照明灯に光を投げかけられ、そして背後には無数の影が……。

その瞬間です。背中に鈍い衝撃を感じました。何が起きたのかわかりませんでした。でもすぐに、熱く焼けた何物かが自分の体に食い込んでくるような痛みが襲ってきました。

私はその場に膝を突きました。背中の痛みは耐えがたいくらいでした。手を後ろに回しました。手の甲が濡れていました。その液体が赤いのは、照明灯の赤い光のせいではありませんでした。

血だ。そう思った瞬間、自分の意識が薄れていくのを感じました。

そして最後の瞬間、私は見たのです。

眼の前の三叉路の壁に投げかけられた赤い光と、その光の中をゆっくりと遠ざかっていくひとつの影を。

〝あいつ〟だ。私は直感しました。〝あいつ〟が遂に私を襲い、そして逃げていくのです。追いかけることはできませんでした。私はそのまま地面に突っ伏し、それから後の記憶はありません。

3

「翌日、私は病院で目覚めました。深夜に犬と散歩をしていた近所のひとに発見されて、救急車で運ばれたのです。背中に深さ五センチもの刺し傷を負っていました。幸い命に関わるほどの怪我ではありませんでしたが、ほぼ一ヶ月の間、入院していなければなりませんでした。退院したのはつい最近です」

仁藤は恵美酒と氷坂に向かって話した。

恵美酒は彼の話を聞いている間、シガリロを吹かし、ウイスキーのグラスを空けつづけた。その表情は生き生きとしていて、仁藤の話が楽しくてしかたないようだった。

対照的に氷坂のほうはほとんど無表情、むしろ冷淡な様子で仁藤の話を聞いていた。

「当然のことながら警察に事情を訊かれました。私は正直に話しました。〝あいつ〟のことを話したんです。しかしこれも当然のことながら、信じてはもらえませんでした。昔から自分の影の中に住み着いていた化け物に襲われたなんて、信じてもらおうというほうが無理なのかもしれませんが。警察のほうでは単なる物取りとして捜査をしているようです。現場から私の鞄が無くなっていたので、そう考えたのでしょうね。しかし、これは紛れもなく本当のことなんです。私は、私の影に刺されたんです」

あらかた話し終えると、仁藤は相手の反応を見るために口を閉ざした。

警察どころか妻さえも自分の言うことを信じてくれなかった。それは致し方ないことかもしれない。自分も逆の立場なら、そんな妄想を信じるとは思えない。

しかし、彼は誰かにこのことを信じてもらいたかったのだ。だから【求む奇談！】という新聞広告を眼にしたとき、一も二もなく連絡を取ったのだった。報酬など目当てではなかった。ただ誰かにこの話を信じてもらいたかったのだ。

恵美酒は短くなったシガリロを灰皿に押しつけ、新しい一本に火をつけると言った。

「影を畏《おそ》れ迹《あと》を悪《にく》む、だな」

「……は？」

「『荘子』に出てくる故事だよ。自分の影と足跡から逃れようと走り続けて、結局死んでしまった者の話だ。君の体験談は、それに似ておるな。面白い。じつに面白い」

「荘子、ですか……」

歴史で習った記憶があるが、荘子が何者なのか仁藤にはわからなかった。恵美酒はかまわずに話を続ける。

「しかし君の話を吟味するに、これはおそらくシャドーが実体化したものと考えるべきであろうな」

「シャドー……影ですか」

「文字どおりの影ではないぞ。心理学で言うところの、その、なんだ、自我の一部でありながらペルソナと対立する概念やイメージであるため、受け入れられずに疎外され、無意識の領域に沈められた部分のことだ」

「ペルソナ?」

「ペルソナというのも心理学用語だよ。直訳すれば仮面のことだな。人は誰しも世間に見せるための常識的で道徳的で論理的な理想像を作り出しており、それを自分自身の姿だと信じ、いや、信じている振りをしておる。それがペルソナだ。ペルソナとは、あるべき自分の姿、そうであったほうが都合のいい自分の姿だ。しかしそれは本来の自分とは時に懸け離れ、歪められ、演じられた姿でもある。つまり本当の自分との間にギャップが生じるわけだな。そこにシャドーが生まれる要因がある。シャドーとは表に出ては都合の悪い自分、しかしながら無意識の領域では間違いなく自己の一部なのだよ。社会的動物である人間は普段ペルソナを表の自分として振る舞っているが、影の部分、すなわちシャドーはそれに反発し、抵抗しようとする。そこに葛藤が生まれ、人間はより複雑な存在となるのだが……仁藤君、君の話はかなり特殊なケースと言えるだろうな。本来なら心理の問題、つまり君の脳の中だけの問題であるペルソナとシャドーの対立が、現実世界を侵食してしまったのだ。君を襲った影——君が言うところの〝あいつ〟とは、本来の君自身に他ならない。おそらく君は人一倍自制的で抑圧的、つまり引っ込み思案な人間なのだろう。それゆえにシャドーに対する抑圧も強かった。それで遂にシャドーが耐えかねて反乱を起したのだよ」

得々と語る恵美酒を前にして、仁藤は茫然としていた。

「私を襲ったのは、私自身ということですか。本当の自分が、建前の自分を襲ったと……？」

「そういうことだ。さながらイドの怪物のごとくな」

「では、あなたは私の話を信じてくださるのですか」

「もちろんだ。いや面白い、これはなかなか得難い奇談だ」

満足げに頷く恵美酒を見て、仁藤は複雑な気持ちになった。誰にも信じてもらえない話を信じてくれる人間がいた。そのことは何よりも嬉しく、彼の心を救ってくれるはずだった。しかし恵美酒の態度は、まるで彼と彼の体験談を玩具として喜んでいるかのように見える。そんな扱いをされることを、素直に喜べはしなかった。

「これは祝杯をあげねばならん。我がコレクションに相応《ふさわ》しい奇談に出会えた記念にな。氷坂、そうは思わんかね？」

恵美酒は文字どおり恵比須顔で言った。

「さて、どうでしょうか」

唐突に耳許で声がする。仁藤は仰天した。

氷坂が、すぐ後ろに立っている。

いつの間にそんなところにいたのか、仁藤は全然気づかなかった。

「何だ？　ケチをつけたいのか」

　恵美酒の顔から笑みが消えた。

「留意しなければならないことがあります」

　氷坂は恵美酒が不機嫌になるのもかまわず、仁藤に視線を向けた。

「仁藤さん、あなたはお宅で奥様やお子さんと鉢合わせして驚いたりすることがありませんか」

「……え？」

「いきなり奥さんが部屋から出てきてびっくりしたりしたことはありませんか、と訊いているのです」

「あ……ああ、そういうことは……ないとは言えませんが……」

「仕事場ではどうです？　道を歩いているときは？　よく人とぶつかったりしませんか」

「それは……それもないとは言えませんが、そういうことは、誰にでもあると思いますが」

　少々気分を害しながら、仁藤は答えた。

「たしかに、まったくないとは言えません。しかしたぶん、あなたの場合はその頻度《ひんど》がかなり高いと推測できます。今、私が傍にいたのにもびっくりしたでしょう？」

「あ、はい……」

「つまりあなたは、鈍感なのです」

　あっさりと、氷坂は断言した。

「そんなことが、今の話とどういう関係があるというのだ？」

恵美酒が訊いた。

「大いに関係がありますよ。すべては仁藤氏の鈍感さと、それから思い込みの強さが招いたことなのですから」

「どういうことなんですか」

恵美酒という男の無邪気な態度にも不快感を覚えたが、氷坂の無遠慮な言動も癪《しやく》に障った。

仁藤が怒りを堪《こら》えながら尋ねると、氷坂は言った。

「あなたが最初に〝あいつ〟なる影の存在に気づいた話ですが、いつも七つしか影のできない駐車場で八つの影ができ、その中のひとつがゆらゆらと揺れた、と言っていましたね。それを見たあなたは自分の影の中に何者かが紛れ込んだのだと思い込んで怯えてしまった。

しかし、見方を変えればそんなもの、怪異でも奇談でもありません」

「なぜですか」

「単純な計算です。七つの影ができるということは、その場所に光源が七つあったということ。それが八つになったということは、光源がひとつ増えたということでしかありません。つまりそのとき、いつもの街灯以外に何かの照明が灯っていたのですよ。しかもその照明は街灯のように安定したものではなかった。工事とか交通整理のために臨時に設置された照明かもしれません。だからその照明によって作られたあなたの影も不安定で、ゆらゆらと揺れたんです。影が動いたのは光源のせいなのです」

仁藤は二の句が継げなかった。長年自分を苦しめていた〝あいつ〟の正体を、この氷坂なる人物はあっさりと解き明かしてしまったのだ。

「……し、しかしですね、〝あいつ〟が現れたのは駐車場だけじゃないんです。追い出しコンパで——」

「それも、あなたの鈍さが原因で起きたことです。カラオケの店にいたのは、あなたひとりではなかったのでしょう？　だったら照明を受けて影を作ったのも、あなたひとりとは限りません。他の人間が騒いでいる姿が壁に映って、それをあなたが〝あいつ〟と勘違いしたのです」

「そんな……」

仁藤は首を振った。

「あれが全部、私の勘違いだなんて……」

「しかし氷坂よ、今回の事件はどうなのだ？」

恵美酒が仁藤の弁護人のように言った。

「仁藤君は間違いなく背中を刺されたのだぞ」

「影は人を刺しません。そんなことは、常識以前の問題です」

氷坂はにべもなく言い切った。

「影が刺したのでなければ、犯人は人間ということでしょう。その人間は仁藤氏が影に怯えていることを知り、それを利用して犯行に及んだのです」

「何だって!?」

仁藤は叫んだ。

「じゃあ……私を刺したのは……」

「あなたの後輩でしょうね」

氷坂は言った。

「発端はあなたが影に怯えていることを彼に話してしまったことにあります。話したことで影に対する恐怖が甦ったあなたは、以前のように自分の影を数えはじめた。そのときあなたは自分以外の者の影も数えてしまったんです。つまり、その後輩の影をね」

「…………」

「並んで歩いていたのですから、影も重なっていたでしょう。たぶん後輩は、つい悪戯《いたずら》心で手を振ってみたのでしょう。それをあなたは〝あいつ〟だと勘違いし、彼の予想以上に怯えてしまった。それを見た彼は次の日、追い打ちをかけるように影の話をして、あなたをさらに混乱させました。今度はナイフを持った影を見せてね。もちろんあなたが振り返ったときには隠してしまったのでしょうけど。

そして次の日、後輩はついにあなたに決定的な危害を加える決意をしたのです。帰り道の途中で待ち伏せて、あなたを背後から襲ったのですよ」

「しかし……しかしあの日は、私はいつもと違う道を……」

「昼休みに地図を広げて道順を確認していたのですよね。後輩はその様子を横眼で見て、あなたがどのルートで帰ろうとしているのか事前に知ってしまったのです。そして先回りをして工事現場付近で待ち構えていた。ここならあなたが怯えて立ち止まると考えたのでしょうね。そして彼の予想どおりあなたは光に襲われ立ち竦んだ。彼はあなたの背中を刺し、鞄を盗《と》って逃げた。あなたが最後に眼にしたのは、逃げていく彼の影だったのです」

氷坂の話は、仁藤に衝撃を与えた。あの男が、まさか……。

「そんな……あいつが私のことを……でも、なぜ？　どうして私を襲ったりしたんだ？」

「あなたは鈍感なのです」

氷坂は、もう一度言った。

「鈍感だから、他人にどう思われているのかわかっていないのではないでしょうか。仕事が鈍《のろ》いと文句を言われ、ミスをすると怒鳴られる。そんなことをされているうちに、あなたに対する恨みが嵩《こう》じていったのかもしれません。それともうひとつ、あなたの鞄を盗むのも目的のひとつだったかもしれません」

「どういうことですか」

「学童の健康管理などのデータをまとめていると言いましたよね。そして仕事を家に持ち帰ってやっていると。つまりあの鞄の中には、学童の個人情報がたくさん収められていたのではありませんか。そういうものがそこそこの金になることは、今では常識でしょう」

たしかにそのとおりだった。鞄の中には大切な個人情報が入っていた。本来なら自宅に持ち帰ることは厳禁とされているものだ。〝強盗〟に盗られたとはいえ、そのような資料を持ち出していたということは彼にとって大きな責任問題となっていた。このままでは職を辞さなければならないかもしれないのだ。

「くそっ……！　あいつがそんなことを……許さない！」

「許せんのはこっちだ」

不機嫌な声をあげたのは、恵美酒だった。

「またとない奇談を手に入れることができたと思ったのに、結局のところは益体《やくたい》もない盗人《ぬすっと》話ではないか。期待して損をしたぞ」

「しかたないですよ」

氷坂は素っ気なく言った。

「本当に不思議な話なんて、そう簡単に出会えるものじゃない」

「ふん」

鼻を鳴らし、グラスの酒を一気に飲み干すと、恵美酒は仁藤に言った。

「そういうことだ。奇談ではない話に金は出せん。よいな？」

「結構です。最初から金のことなんて期待してなかった。でも……ありがとうございました」

仁藤は深々と頭を下げた。

「あなたがたのおかげで眼の前の問題から……いや、何十年と悩まされてきた問題から解放されました。何とお礼を言っていいのやら」

「礼なんぞ要らん。さっさと帰ってくれ」

恵美酒は追い出すように手を振った。

仁藤は何度も頭を下げながら店のドアを開けた。

外は暗闇が支配していた。細い路地の向こうに、かすかに繁華街の明かりが見える。仁藤は歩き出した。あの明かりが、妙に愛おしく感じられた。

古道具屋の姫君

1

その細い路地に足を踏み入れてから、矢来和生《やらいかずお》は眩暈《めまい》に似た奇妙な感覚に囚われていた。

夜気は冷たく、古びた家のような匂いがした。着慣れた外套を通して寒さが染み込んでくる。路地を押し挟むようにして立ち並んでいる家々の、磨《す》りガラスの窓から洩れてくる光が矢来の吐く息を白く照らし出した。

このまま足を進めることに不安を感じた。間違った場所に向かっているのではないかという懸念《けねん》が、少しずつ強くなってくる。

矢来は足を止め、後ろを振り返った。足許まで明るく照らしていた繁華街の光は曲がりくねった道の向こうに消えてしまった。ほんの少し歩いただけで、こんなにも雰囲気が変わってしまうとは。彼はかすかに身震いした。

帰ろうか、という気持ちが湧《わ》き上がってくる。しかしすぐに、弱気になった自分を笑い飛ばした。

結構ではないか。怪を好み奇を猟《あさ》ってきた自分には似合いの場所だ。この先で何が待ち受けているか、楽しみではないか。

凍《こご》えた顔に笑みを張りつかせたまま、矢来は路地の奥へと足を進めた。

壁のように両側から迫っている家々の窓に、おぼろげな影が浮かんでは消える。住人の姿なのだろうが、どこか曖昧《あいまい》で現実味が感じられない。ますますもって面白い、と矢来は背筋に冷たい感触を覚えながら自分自身に見栄を張った。

目的の場所はすぐにわかった。影絵のようにおぼろげな風景の中で、その建物だけが妙に鮮やかな印象をもって視界に飛び込んできたからだ。

といっても、別に派手派手しい装飾が施されているわけではない。むしろ地味で古めかしく感じるような石造りの建物だった。しかし入口前に灯《とも》された花の形のランプに照らされた石壁の、ごつごつとした質感が実際に指で触れているかのように迫ってくる。この圧倒的な存在感が、逆にこの建物の実在を疑わせた。夢の中の出来事が現実よりも現実味を帯びて感じられる、それと同じような感覚だったからだ。

矢来は建物の前に立ち尽くし、扉に掲げられた真鍮《しんちゆう》色の金属板を見つめた。


「strawberry hill」


間違いない。指定されたのはこの店だ。

下腹に息を入れて覚悟を決めると、扉に手を伸ばし、ゆっくりと押す。

中の空気は暖かかった。照明も眼に優しい柔らかさだ。床や壁は年代物の木製で、手入れが行き届いているようだった。カウンターテーブルも艶やかに磨き上げられている。その後ろには酒のボトルとグラスが整然と並んでいた。

悪くない店だ、と矢来は思った。九つ並んだスツールには客の姿はない。まだ開店前なのかと思ったが、カウンターの中にいるバーテンダーが、

「いらっしゃいませ。どうぞこちらへ」

と、丁寧な口調で招き入れた。

白いシャツにシルク地のベスト、後ろに撫でつけた髪には櫛目《くしめ》が通り一分の乱れもない。顎《あご》鬚《ひげ》も整えられていて、かなりの洒落者《しゃれ》と見受けられた。

「ずいぶんと静かな店だな」

矢来は言った。

「この時間でも、客はいないのかね？」

「今夜は特別です」

バーテンダーは答えた。

「失礼ですが、お客様は恵美酒《えびす》様とお約束のある方ですね？」

「ああ、そうだ。ここで恵美酒という人物と会うことになっている」

「でしたら、こちらです」

バーテンダーはカウンターから出て、店の奥に矢来を案内した。

個室があった。バーテンダーは扉をノックし、

「お約束の方がいらっしゃいました」

と声をかけた。

——通してくれたまえ。

扉の向こうから声が応じた。深みのある低音だった。

バーテンダーは扉を開き、

「どうぞ」

と、矢来を促した。

中は思った以上に広かった。壁には木製のがっしりとした書棚が並び、革表紙の洋書がぎっしりと詰め込まれている。他に西洋骨董の店で見かけるような地球儀や大理石像、ステンドグラスの卓上ランプなども雑然と置かれていた。一見したところ好事家の書斎といった趣《おもむき》だ。薄暗くてよくわからないが天使や女性の姿が描かれているらしい天井から、葡萄《ぶどう》の房のような意匠の天吊り灯が下がっていた。

部屋の中央には革製のソファと木製テーブルが置かれている。そのソファには大柄な男性が腰を下ろしていた。

「君が矢来君かね？」

男は尋ねた。雰囲気や声からすると、それほど若くはないようだ。おそらく五十歳から六十歳くらいだろうと矢来は想像した。しかし弛《たる》みのある頬は艶やかで、鳥の巣のようにもじゃもじゃとした髪にも白髪はほとんどない。丸縁の眼鏡に大きな鼻、そして鼻の下のスコッチ髭

——いわゆるちょび髭——が、妙にクラシックで滑稽《こっけい》な印象を与えている。

「ええ、矢来です。あなたが恵美酒さんですか」

「左様、儂《わし》が恵美酒一《はじめ》だ。よろしく」

男はソファから立ち上がり、懐《ふところ》から名刺を取り出して矢来に差し出した。

【奇談蒐集家　恵美酒　一】

「奇談蒐集家、と言いますと……？」

「文字どおりの意味だよ。儂は奇談——世にも奇妙で不可思議な話を集めておる。それも作り話などではない、実際にあった話だけだ」

「怪奇実話の本でも出されるのですか」

「いやいや、とんでもない。苦労して集めた奇談を、どうして他の者に読ませたりするものかね。これは儂ひとりの楽しみだよ。こうして美味《うま》い酒と」

恵美酒は手にしたショットグラスを掲げ、

「そして美味いシガリロを供に、君のような人間から世にも不思議な物語を聞かせてもらう。これ以上の贅沢は他にあるまい。そうは思わんかね？」

「なるほど」

矢来はわからないながら頷いてみせた。

「ときに矢来君、君は文学者だそうだね？」

不意に尋ねられて、矢来は驚いた。電話で話をしたときは、自分のことをそこまで詳しくは話さなかったのだが。

「いや、それほどのものではありません。大学で国文学を教えているだけでして」

「しかし文学評論の本を書いておるではないか」

「ご存知でしたか」

「もちろん知っておるよ。君の幻想文学についての造詣《ぞうけい》の深さには、儂も素直に感銘を受けた」

恵美酒は目尻にからかうような笑みを浮かべると、テーブルの上に置いた革製のシガーケースを開け、中から細身の葉巻を取り出した。

「どうかね、君も吸わんか」

「いえ、煙草はやりませんので」

矢来が断ると恵美酒は不満顔で、

「君も嫌煙家《けんえんか》とかいう無粋な輩《やから》の一員というわけか。まったくもって嘆かわしい流行だな。喫煙は紳士淑女の嗜《たしな》みだというのに。では酒はどうだ？」

「そちらならいただきましょう」

「よろしい、そうでなくてはな。氷坂《ひさか》、グラスだ」

恵美酒は矢来の背後に向かって声をかけた。矢来は思わず後ろを振り向いた。

今まで気がつかなかったが、この部屋にはもうひとりの人物がいた。

その人物は壁際に立っていた。手許のワゴンからショットグラスを一個手に取ると、こちらにやってきてテーブルの上に置いた。

「酒の前に、座っていただいたらどうです？」

男とも女ともつかない、中性的な声だった。矢来は眼の前にやってきたその人物をまじまじと見つめた。年齢は二十代後半から三十代前半くらいだろうか。恵美酒と同じで特定が難しかった。背丈は矢来とほぼ同じくらい、ほっそりとした華奢《きやしや》な体つきをしている。髪は赤銅《しやくどう》色に、唇は薔薇《ばら》の色に染められていた。肌はいささか病的なまでに白く、しかし切れ長の眼に宿る光には弱さなど微塵《みじん》も窺えない。耳朶《じだ》を飾るのはダイヤモンドなのか、冷たく強く輝いていた。白いシャツに黒のズボン、そして糸瓜襟《へちま》の黒いベストに深紅の蝶ネクタイを合わせている。カウンターにいたバーテンダーのそれに似ているが、彼以上に洗練された服装だった。

「わかっておる。今座ってくれと言おうと思っておったところだ。いちいち煩《うるさ》いな」

恵美酒は面白くなさそうな表情で言った。氷坂と呼ばれた人物はそれを無視するように、

「外套を」

と、矢来に言った。外套を脱ぐとそれを受け取り、流れるような仕草でハンガーを通しコートスタンドに掛けた。

「さあ、座って一杯やってくれ」

恵美酒に勧められるまま、矢来はソファに腰を下ろし、グラスの琥珀《こはく》色の液体を口に運んだ。

「……ほう」

思わず声が洩れた。いい酒だ。

「スコッチですか」

「左様。三十年ものののスプリングバンク、滅多に手に入らぬ逸品だ。酒の味はわかるようだな」

「嫌いではありませんから」

「結構、大いに結構」

恵美酒はからからと大笑した。

「シガリロの良さを解さぬところは別として、なかなか話のわかる御仁のようだ。さぞかし君の奇談も楽しいものだろうて」

「そのことなのですが」

矢来はグラスを置いた。

「新聞に書いてあったことは、本当なのですね？」

それはたまたま見かけた募集広告だった。


【求む奇談！　自分が体験した不可思議な話を話してくれた方に高額報酬進呈。ただし審査あり】


「もちろんだ。嘘の広告を出すくらいなら、ここでこうして君に会いはせんよ」

「たしかにね。しかし私の話を審査するというのは、どういうことなのでしょうか」

「文字どおりの意味だ。君の話す奇談が本当にあったことなのかどうか、真の意味での奇談なのかどうか、それを鑑定しようというのさ」

「では、もしも話を聞いた後で、あなたが『これは本当にあったことではない』と断定されたら、それでお終いということですか」

「当然、そう断じたら終わりだ。約束の報酬も渡すわけにはいかんな」

「それは一方的にあなたのほうが有利な条件ですね。どんな話でもあなたが偽物だと言ったら、それきりなわけですから」

「その点は信頼してほしいものだな。儂は本当の奇談を蒐集するために骨身を惜しむつもりはない。驚くべき物語を聞かせてくれた者に対しての礼儀や恩義も忘れはせん」

「しかし現実に起きたとは思えないような話を信じてくれるとは——」

「それこそが儂の求めておるものだ。くだらん現実など蹴飛ばしてくれるような、摩訶不思議な話を聞きたいのだよ。さあ、聞かせてくれんか、君の奇談を」

恵美酒は身を乗り出した。

「……わかりました。お話ししましょう」

矢来はスコッチで舌を湿らせてから語りはじめた。

2

ご存知なようなので今更隠し立てもしませんが、私は大学で国文学の教授をしております。研究の対象としているのは先程言われたとおり日本の幻想文学です。それに関する本も何冊か書かせてもらいましたし、雑誌などにも寄稿しております。

そんな人間ですから、昔からその手のものに興味があったと思われるかもしれませんが、正直に言えば大学の途中の頃まで私が傾倒していたのは自然主義文学でした。特にフランスで興った自然主義運動が日本に移植される際にどのように変容していったかという点について興味を覚えていました。現実をありのままに表出する自然主義文学に傾倒していたくらいですから、その対極に位置すると言える幻想文学に対しては、ほとんど侮蔑にも似た感情を抱いておりました。

そんな私が認識を一変させた出来事、それこそがこれからお話ししたい奇妙な、そして今思い出しても切なさに胸が締めつけられるような、あの体験なのです。

当時、私は親元を離れて下宿住まいをしながら大学に通っておりました。その下宿というのがとある家の離れでして、六畳一間と狭いながらも別棟になっておりました。家主は遠い親戚筋に当たる人物で、私のために快《こころよ》くその離れを提供してくれたのです。当時は日々の食費も本代にまわしてしまうような貧乏学生でしたが、住環境だけは恵まれていたわけです。

その頃の私は文学以外に何の興味も示さない学生でした。この世に文学以上に重要で崇高《すうこう》なものなど存在しないと考えていたのです。

文学部の学生だからといって皆が皆そんな堅物だったわけではありません。むしろ私は学内でも異端者だったと思います。文学部の学生でありながら本の一冊も読まないで遊び惚けているような者も多かったですしね。

ともあれ私は、寝たり食ったり大学に行ったりという時間以外は、ずっと本を読みつづけておりました。もちろん本を買う金もそんなに潤沢《じゅんたく》にはありませんでしたから、図書館を利用したり古本屋を廻ったりしながら読む本を手に入れていました。しかし図書館はともかく古本屋となると、只《ただ》でというわけにはいきません。それに古本屋の商品というのは愚にもつかない娯楽小説や漫画雑誌の類《たぐい》が多く、私が求めるような本を手に入れることは難しかったのです。それでどこそこに文学作品の品揃えが充実している古本屋があるという話を聞きつけては、遠出をして店巡りなどをしていたのでした。

あれはたしか、今日のように寒い冬の日のことでした。私は行きつけの古本屋に向かって歩いておりました。

その店は寂れた商店街の中にありました。平日だというのに半分近くの店が戸を閉め、人通りもほとんどない通りです。景気づけのために飾りつけたらしい提灯《ちょうちん》もほとんどが破れていて、零落《れいらく》した雰囲気をより一層増していました。

私はといえば古本のことしか頭にありませんでしたから、いつも他の店を冷やかすこともなく、脇目もふらずに商店街を歩いておりました。

しかしその日に限って、私の歩みは鈍くなっておりました。青年期にありがちな塞ぎの虫に取り憑かれたような心理状態で、どうにも気が晴れないまま歩いていたのです。

そんな私が一軒の店の前で立ち止まったのは、急に吹きつけてきた冷たい風に足を止められたからでした。

風を避けようと横を向いた私の視界に入ったのは、その店の前に並べられた大きな甕《かめ》でした。何のために作られたのかわからない青鈍《あおにび》色の甕がふたつ、無造作に置かれていたのです。これまでもずっと店先に置かれていたのかどうか私にはわかりません。その店のことなど気にも留めていませんでしたから。

更に眼を上げて、店の看板を見ました。

「骨董　松篁堂《しょうこうどう》」

雨に汚れて墨文字も読みにくくなっていましたが、たしかにそう書かれていました。私は何気なく店の中を覗き込みました。

ガラス戸越しに中の様子が見えました。皿や壺や置物のようなものが雑然と並べられています。ごくごく小さな店でした。ただ奇妙に思ったのは、店の中央にほとんど品物が置かれていなかったことです。商品の古道具は両脇に押しやられ奥が見えないくらいになっているのに、真ん中あたりにはぽっかりと空白ができていました。

ただでさえ狭い店なのに、と不審に思いながら店の中を覗き込んでいたときでした。古道具に挟まれた中央の空白に、突然浮かび上がるように人の姿が現れたのです。

あまりに唐突な登場に、私はひどく驚きました。

それは、十代半ばくらいの少女でした。横座りの姿勢でこちらを見ていました。髪は長く、床に付きそうなほどでした。色白で、身に纏《まと》っているのは金糸銀糸に彩られた錦《にしき》の着物でした。それを着込むのではなく羽織るようにして肩から掛けていたのです。

最初は人間ではないと思いました。現れかたが突然すぎましたし、なによりその容姿が浮世離れしていて、血の通った人間には思えなかったのです。そう、まるで人形のようでした。等身大の雛人形、拵《こしら》え物の姫君です。

しかし彼女は人形ではありませんでした。私の存在に気づいたらしく、驚いたように眼を見開いたのです。その瞳が潤んだように艶《なまめ》いて見えたことを、今でもはっきり覚えています。

私は驚きながらも、身動きすることなくその少女を見つめておりました。正直に言えば動けなかったのです。最初の驚愕はすぐに失せてしまいましたが、後からやってきたより強い感情が私を虜《とりこ》にしていました。

先程も言いましたように、私は文学以外のものに価値を認めていない狷介《けんかい》な人間でした。文学こそが人間の価値を高め、より良きものにしてくれるのだと確信していたのです。そんな私は文学を称揚するあまり、文学に描かれている人間の日常とか感情といったものを二次的な、取るに足らないものだと切って捨てていたのです。例えば文学作品に多く取り上げられている恋愛というものも文学を表現するための小道具のひとつでしかなく、現実において女にうつつを抜かし人生を過《あやま》るなどということはあってはならないし、我が身には決して起きないことだと考えておりました。そして大学内で恋愛話を交わしたり、どこそこにいい女がいるなどといった噂話をしている連中を心底軽蔑していたのです。思えばあの頃の私は、思想信条的にもまた人間的な面においても、生半可な愚か者でしかありませんでした。

しかし私は、古道具屋でその少女――姫君を目の当たりにした瞬間、完全に変わってしまいました。

薄暗い店の中にいる姿は、決して鮮明ではありません。しかし私の眼にはその少女の美しさ、気高さ、聡明さがはっきりとわかったのです。そして自分が今この場所に立ち、あの少女と出会ったことは偶然ではない、最初から決められていた運命なのだと、まるで雷《いかずち》に打たれたような衝撃とともに了解したのです。

ガラス戸の向こうの少女も、私から眼を逸らすことなく見つめていました。その表情には何か必死なものを感じました。もしかしたら彼女も私と同じ思いに打たれているのかもしれない。そう思うと居ても立ってもいられなくなりました。私はガラス戸に手を掛け、開きました。

しかし店に入った瞬間です。姫君の姿は掻き消すように消えてしまいました。

私は声も出ませんでした。つい先程まで姫君がいた場所には、薄暗い闇があるばかりです。

そこには何か細長いものが置かれていたのですが、よくわかりませんでした。しかし夢にしてはあまりに鮮明でした。自分は夢を見ていたのか、そんな気持ちさえしてきました。しかし夢にしてはあまりに鮮明でした。私はただ店先に立ち尽くしていました。そのときです。

「いらっしゃいませ」

不意に声がして、店の奥からひとりの老人が姿を現しました。歳の頃は七十近くでしょうか、骸骨《がいこつ》に皮を被せたように痩せ細った、あまり身なりのよくない男でした。どうやら彼が、この店の主人のようでした。

「何かお探しでしょうか」

嗄《しゃが》れて下卑《げび》た声で主人は言いました。

「いや、その……」

私は答えに窮しました。このまま逃げ出したいという気持ちも起きましたが、あの姫君の姿も脳裏に焼きついて消えません。思い切って、訊いてみました。

「こちらにお嬢さんはいらっしゃいますか」

「お嬢さんですと？」

主人は面妖なことを訊かれたとでも言いたげな表情で私を見返しました。

「兄さん、冗談言っちゃいけませんや。うちにはそんな女なんざいませんよ」

「しかし、さっきそこに……」

私は店の奥を指差しました。

「そこにきれいな着物を羽織った髪の長い女のひとが……」

「何だって!?」

主《あるじ》は鋭い眼付きで私を睨《にら》み、そして店の奥に眼をやりました。

「本当に見たのかい？」

「え、ええ」

私はうろたえながらも、しっかりと頷きました。主は店の奥に眼を移したまましばらく黙っていましたが、不意に振り返って言いました。

「兄さんが何を見たのか、教えてあげましょうか」

その口許には下品な笑みが浮かんでいました。主は店の奥に上がると、天井の電灯を灯しました。

そこにあったのは、古い姿見でした。漆《うるし》塗りの木枠に脚が付き、全身を映せるくらいの高さがありました。鏡掛けは捲《まく》られ、鏡面は少し斜めに向いていました。

「この姿見は江戸後期のものです。うちに置いてあるものの中じゃ一等品ですよ」

主はそう言いながら鏡を私のほうに向けました。困惑顔をしている自分の姿が映りました。

主はさらに当惑するようなことを言いました。

「兄さんがご覧になったのは、髪の長い色白の女でしたかね？」

「ええ」

「美人でしたでしょ？」

「…………」

「どうなんです？」

主は口籠《くちご》もる私をいたぶるように問い詰めてきました。

「……ええ、きれいなひとでした」

「上品そうな顔をして、それでいて男好きのする、したたかそうな女じゃなかったですか」

舌なめずりしそうな顔つきで主が言いました。そんなことはないと言い返そうとしたとき、

「兄さんは、この姿見に映った姫様のお姿を見ちまったんですよ」

主が言いました。

「姫様、ですか」

「そう、正真正銘、れっきとした武家のお姫様ですよ。この姿見はね、そのお姫様の持ち物だったんです。評判の美人だったらしいが、親が不始末をしでかして家が傾き、家財道具も何も売り払わなきゃならなくなった。そしてお姫様も借金の形《かた》同然に金貸しの妾《めかけ》にさせられそうになったんです。この姿見はそのお姫様が最後まで持っていた唯一の道具だそうですが、金貸しの家に連れていかれる前の夜、お姫様は自害して果てたそうです。姿見に我が身を映しながらね」

主の話は私に戦慄をもたらしました。金貸しの妾にされる我が身を果無《はかな》んで自殺するとは、なんという悲劇でしょうか。

「以来、この姿見には姫君の姿が宿り、時折鏡の中に現れるんだそうです」

「そんな、馬鹿な……」

「信じませんか。しかし兄さん、お姫様を見たんでしょ？」

言われるとおりです。私はたしかにその姫君の姿を見ました。

「兄さん、そのお姫様に惚れなすったんでしょう？　隠したって駄目ですよ。ちゃんと顔に書いてある」

下衆《げす》の勘繰り、と言いたいところでしたが、図星でした。私が何も言えないでいると、

「お姫様のほうも兄さんが覗き込んでるときに姿を見せたってことは、何かの縁があるってことでしょうなあ。こいつはひとつ、縁を繋げてみちゃどうです？」

「縁を繋げる？」

「この姿見を兄さんにお売りしようってんですよ。そうすればお姫様も兄さんのものってわけで」

姿見を手に入れる……じつは主の話を聞きながら私が思っていたことも、それでした。あの姿見がほしい、と思ったのです。

死者の姿が宿る鏡なんて胡散《うさん》臭い話を、その頃の私が真剣に受け取ってしまったのは自分でも意外なことでした。実際、本当に信じてはいなかったでしょう。しかし私は、あの姫君の姿をもう一度見ることができるのなら、たとえ理性が信じないと主張していることであっても信じてみようという気持ちになっていました。姫君の姿を見かけてまだ数分と経っていないのに、私はそれまでの自分の世界観や人生観を捨て去ってしまったのです。恋は思案の外、とはよく言ったものです。私は訊きました。

「いくらですか」

主が口にした金額は、目の玉が飛び出るほど高額というものではなかったのですが、貧乏学生が一ヶ月生活するために必要な額に近いものでした。いつもならとても手が出せないと諦めていたかもしれません。しかし幸か不幸か、そのとき私の手許には親からの仕送りがまるまるあったのです。それを遣ってしまったら一ヶ月間の生活に困窮することは眼に見えていました。しかし私の理性はそのとき、完全に沈黙していたのです。

手付けとして有り金を全部渡し、下宿先に届けてもらったときに残額を払うという約束をしました。これで結局、古本屋には行けなくなりましたが、そのときの私は後悔などしていませんでした。

が、下宿に戻って一時の熱狂が冷めると、自分がとんでもなく愚かなことをしたような気がしてきました。鏡に女の霊が乗り移って姿を見せるだなんて、今どき子供でも笑い飛ばすような与太《よた》話です。それを信じてしまった自分が浅はかで愚昧《ぐまい》な人間に思えてなりませんでした。

しかし一方で、古道具屋の主の話がもし本当なら、あの姫君にこれからずっと会うことができるのだと、浮ついた気持ちにもなりました。姿見が届くまでの私は、そんな具合に混乱しつづけていたのです。

姿見がやってきたのは翌々日の日曜日でした。母屋《おもや》の家主一家が何事かと覗きにくるのをなんとか誤魔化して、古道具屋の主と臨時雇いらしい男が持ってきた姿見を下宿の六畳間に収めてもらいました。

「なかなか結構なお住まいで」

主はそう言いながら部屋をあちこち見回したりして、なかなか帰ってくれませんでした。私は一刻も早く姿見とひとりで向かい合いたかったので「お近づきの印に」と主が持ってきた二合瓶の酒を受け取ると、早々に彼らを追い出しました。

やっとひとりきりになると、私は姿見の鏡掛けを捲って鏡と向き合いました。映っているのは見すぼらしい下宿の壁と私の姿だけでした。私はじっと鏡を見つめ、姫君が現れるのを待ちました。

何時間そうしていたか、母屋のひとが夕食の支度ができたと告げにきても、今日は具合が悪いのでと言い訳して断りました。

でも彼女は現れませんでした。

やはり騙されたのだろうか。しかし自分が見たあの姿は本物だったはずだ。ではどうして……と心は千々《ちぢ》に乱れました。夜は更けて寒さは増し、寂しさが深まっていきました。あまりに辛くて、普段はほとんど飲まない酒を口にしてしまいました。古道具屋の主が持ってきた酒です。たちまちのうちに二合を飲んでしまいました。

「なぜだ？　なぜ出てきてくれない？」

愚痴《ぐち》るように呟きながら、いつしか私は寝入ってしまいました。

何か冷たいものが頬に当たるような感触がして眼を覚ましたのは、それからどれくらい経ってからでしょうか。部屋には障子越しに月明かりが差し込んでいました。

顔を上げたとき、私はその明かりに照らし出されるように浮かび上がる人の姿を眼にしました。

あの姫君でした。

私は声も出せませんでした。頭はまだ眠っているようにぼーっとしていた上に、驚きと恐怖と喜びが一緒くたになったような感情が湧き上がってきて、身動きもできなかったのです。

姫君は私を見て微笑んでいました。顔以外は闇に紛れていました。もしかしたら顔だけ見せてくれたのかもしれません。

——お静かに。

姫君の声がしました。涼やかな、愛らしい声でした。

——わたくしの話を何も言わずにお聞きください。そして、わたくしが何をしても動かずにいてくださいい。よろしいですね。

私は頷くことさえできませんでした。姫君に言われなくても、そのときの私は金縛り同然の状態で体を動かすことも声をあげることもできなかったのです。

仰向けになったまま顔だけ上げて見つめている私に、姫君はゆっくりと近づいてきました。そして私の顔を覗き込むようにしました。長い髪が私の頬や胸を撫でる感触がありました。

——わたくしのことを愛してくださいますか。

姫君は囁くように言いました。

——愛してくださるのなら、お返事の代わりに眼を二度、閉じてくださいませ。

私は力一杯眼を瞑《つむ》りました。

——ありがとうございます。わたくしも貴方様をお慕いしております。姿見の中から貴方様のお姿を拝見した刹那《せつな》から、恋い焦がれております。でも、わたくしはこの世の者ではありません。こうしてお傍にいるのが精一杯。この定めを恨めしく思います。

姫君の吐息が額にかかったような気がしました。姫君の嘆きが直《じか》に伝わったようで、私もたまらなく悲しくなりました。

——でも、わたくしは必ず貴方様の許に参ります。わたくし自身が添い遂げられなくても、生まれ変わって貴方様の許に。

生まれ変わりとは？　と問いかけようとする私の唇を、姫君の指がそっと押さえました。

——何も仰《おつしや》らないで。わたくしは生まれ変わって貴方様の前に現れます。そのときのわたくしは貴方様のことを忘れてしまっているでしょうけど、必ず貴方様への愛を思い出すはずです。わたくしはもうお会いすることができませんけど、その日が来るまでお待ちくださいませね。

私はもう一度眼を二度閉じました。姫君は微笑んで、私の唇に柔らかな唇を合わせてくれました。そのときの私の気持ちをなんと表現したらいいのか、自分が自分ではなくなってしまったような、至福の思いに体が弾けてしまったような、そんな感じでした。そんな幸福感の中で、私の意識はまた薄れていきました。

気がつくと、すでに陽が昇っていました。起き上がると首に何か巻きついているのに気づきました。見たこともない緋色《ひいろ》の帯紐でした。私は起き上がり、姿見を見つめました。姫君の姿はありません。しかし私は、昨夜の出来事が本当にあったことだと確信しました。帯紐がその証拠です。

以来、姫君は二度と現れませんでした。しかし私は姿見を大切にして、後に下宿を引っ越すときにも持っていきました。姿見と帯紐が姫君と私を結びつける拠り所だと信じていたからです。

以後、私の信条は根本的に変わりました。この世には文学以上に価値のあるものが存在する。それはこの世とあの世を結びつけ、理屈や理性の限界を超えたところに存在する、崇高な思いなのだと。

ずっと軽蔑の眼差しで見てきた幻想文学に興味を持ちはじめたのは、それからのことでした。読む本も様変わりしました。それでも結局古本屋巡りは続いたわけですがね。

古本屋といえば、それからしばらくして、例の商店街の古本屋に足を運んだとき、ちょっと驚いたことがありました。あの古道具屋が消えてなくなっていたのです。近所のひとに話を聞くと、私の下宿に姿見を運んだ日の晩、火事で焼けてしまったそうです。主も一緒に焼け死んでしまったということでした。何でも因業《いんごう》な金貸しもやっていたそうで、火事の話をしてくれた近所のひとも「罰が当たったのだ」と言っていました。たしかにいけ好かない人物でしたが、姿見と私の縁を取り持ってくれたことを考えると、哀れを感じなくもありませんでした。

私は卒業した後も大学に残り、講師をしながら幻想文学の研究を続けておりました。そんなある日のことです。

新学期の教室に入った私は、座っている新入生の中にひとりの女性を発見しました。その瞬間、私は電撃に打たれたような思いに立ち竦《すく》んでしまいました。

その女性は洋服を着ていました。髪も長いとはいえ、胸のあたりまでしかありませんでした。でも、間違いありません。あの姫君に生き写しでした。

その日の講義はしどろもどろな状態で、まったくひどいものでした。新入生たちはきっと失望してしまったと思います。しかしあの女性は講義の後、私のところにやってきたのです。

「先生、今日の講義のことですけど」

と、そう話す彼女の声を、私は信じられない思いで聞いていました。その声も、あの姫君によく似ていたのです。

彼女はその後、私の講義のもっとも真剣な聴講生となりました。毎回講義の後に私のところへきて、熱心に質問をしてきました。もちろん彼女は私のことなど覚えてはいませんでした。でも私は確信していました。彼女こそ、あの姫君の生まれ変わりなのだと。

彼女とはその後、講義のこと以外でも話をするようになりました。早くに両親を亡くし天涯《てんがい》孤独《こどく》の身で、夜は不本意ながら水商売の仕事をしながら学資を稼ぎ、大学に通っているということも、そのとき知りました。

私の気持ちは当初から決まっていましたが、彼女のほうも次第に打ち解けてくれました。夜の仕事は辞めるようにと言うと素直に辞めてくれました。その代わりというわけではありませんが、私たちは一緒に暮らすようになりました。そして彼女の卒業を待って、正式に結婚したのです。

あの夜の姫君との約束が、果たされたわけです。

後に私は、妻となった彼女に訊いてみました。

「自分の前世が何だったか、知ってるかね？」

するとと彼女は言いました。

「知らないわ。知りたくもない。きっと辛くて悲しい人生だったような気がするから。わたしには今が一番よ」

3

話し終える頃には、数杯のスコッチが飲み干されていた。矢来はいい気分になっていた。

「……と、これが私の経験した不可思議な物語の顛末です。どうです、信じてくれますか。正直に言ってください。私は別に報酬などどうでもいいんですよ。ただこの話を誰かにしてみたかった。信じてくれる誰かにね。あなたが信じてくれるなら金なんて要らない。本当ですよ。金なんて」

酔っているな、と矢来は自覚する。くどくどとした物言いが我ながら鬱陶《うっとう》しい。本当は金を欲しがっているように聞こえてしまうではないか。

「女が転生して愛する男と添い遂げるという話は、奇談としては定番の部類に入るな」

シガリロを燻《くゆ》らしながら、恵美酒は言った。

「例えば『御伽草子《おとぎぞうし》』の『鶴の草子』という話では、命を助けられた鶴が女性の姿となって恩人である宰相右衛門督《さいしょううえもんのかみ》の妻となり、更に人間に生まれ変わって再び宰相の妻となる。『御伽草子』には他にも転生結婚の話があるぞ。中国でもたしか『太平広記《たいへいこうき》』か何かに似た話があったのではないかな」

と、蘊蓄《うんちく》を傾ける恵美酒の顔は、とても楽しそうだった。

「しかし実際にそのような話があったとは意外、かつ欣快《きんかい》なことであるな。転生してまで嫁になりたいと願うとは、よほど惚れられたらしい。男冥利に尽きる話ではないか。矢来君、君は果報者だな」

「いや……」

矢来は曖昧に応じた。

「君の奇談は儂の蒐集品として充分に認められるものだ。氷坂、そうは思わんかな?」

恵美酒は満足そうな表情で傍《かたわ》らに控える氷坂に問いかけた。

氷坂はしかし、つまらなそうに小さく首を振っただけだった。

「なんだ、気に入らんのか」

恵美酒は不満顔になる。

「気に入るとか入らないとか、そういう問題ではありませんよ、マスター」

氷坂は赤銅色の髪を細い指で掻き上げた。

「転生だなんて、馬鹿馬鹿しいにも程がある」

「輪廻《りんね》転生を信じないというのか。他でもないおまえが？」

恵美酒は意外なことを言われたかのように、問い返す。

「転生というものが実際にあるかどうかなんてことは、この際関係ありません。それ以前の問題です」

「それ以前というと？」

今度は矢来が問い返した。すると氷坂は冷たい視線で彼を見つめ、

「生まれ変わりだとあなたが主張する女性に出会ったのは、姿見の中のお姫様に出会ってからどれくらい経ってからですか」

「それは……四年くらいでしょうか」

実際には三年半だ、と矢来は心の中で訂正する。

「四年ね」

氷坂は小馬鹿にしたように肩を竦めてみせる。

「するとお姫様は生まれ変わってたった四年で大学に入学してきたというわけですか」

「それは……」

「霊魂には時空を超える力があるのではないかな」

恵美酒が助け船を出すように言った。

「あるいは姿見に取り憑いていたのはあくまで影であって、霊魂はすでに転生を済ませていたのかもしれんぞ。うむ、そうに違いない」

「都合のいいように理屈を捏《こ》ねないでください。霊の影とは、一体何のことですか」

氷坂は切って捨てるように言う。恵美酒は反論しようとしたが、結局言葉にはできなかったようだった。

「これまで転生したと称する人間の例は、たしかにいくつも報告されています。しかしその真偽は別として、どの例にも共通していることがある。時系列に逆行はないということです。姿見から現れたお姫様が霊だというのなら、転生したのはあなたと出会った後でなければならない」

氷坂の視線は再び矢来に向く。

「あなたと結婚した女性は、お姫様の転生ではありません」

「それは……そうかもしれません」

矢来は頷いた。

「私も、そのことを確信しているわけではないのです。ただ、そうであってほしいと思っていただけで……」

「おいおい」

今度は恵美酒が口を挟んだ。

「それでは、君が話してくれたのは願望によって歪められた嘘っぱちだというのか」

「いえ、姿見から姫君が現れて私と話をしたことは本当です。これは間違いない」

「それについては、ひとつの考えがあります」

氷坂が言葉を引き取った。

「最初にお姫様と対面したとき、突然浮かび上がるように現れたと言いましたね？」

「ええ」

「店の中に入るとお姫様の姿は掻き消すように消えたと？」

「はい」

「お姫様の姿があったところには姿見があって、鏡掛けが捲られ斜めに置いてあった」

「はい」

「なるほど、簡単な仕掛けです」

「仕掛け？」

「お姫様は鏡の中に宿っていたのではない。単に鏡に映っていただけです」

「何だと？」

声をあげたのは恵美酒だった。

「おそらく他にも鏡があって、それと姿見を組み合わせていたのでしょう。お姫様は隣の部屋かどこかにいて、その鏡に自分の姿を映していたのですよ」

「あの姫君が、店にいた？」

矢来は首を振った。

「そんな、まさか」

「それ以外、考えられません。お姫様は実在の人間だったのです」

「しかし、どうしてそんな面倒なことをして鏡に自分の姿を映していたのだ？」

恵美酒が尋ねると、

「自分の姿が外から見られるということは、その人物のほうからは外の景色を見ることができるということです。お姫様は部屋の中から鏡に映った外の景色を見ていたのですよ。多分、彼女がいた部屋からは外が見られなかったのでしょう」

「しかしなぜ？　どうしてそんなことをして……」

問いかける矢来に、氷坂は言った。

「きっとお姫様は外に出ることができなかった。いや、幽閉されていたのでしょう。古道具屋の主人の手によって」

「幽閉……」

「主人は金貸しもしていたという話でしたね。おそらく借金の形に連れてこられたんでしょう。もちろんそれは世間的に許されることではない。だから主人は彼女を外に出さなかった。その代わり鏡を使って外の景色だけは見せてやっていた。店の商品を脇に退《の》けて中央を開けていたのは、そういう理由からでしょう」

「では、姿見に宿った姫君云々という話は？」

「もちろん、主人の作り話です」

「どうしてそんなことを私に……」

「あなたが店に入ってきて女のひとがいたと言い出したとき、主人は鏡に映った娘を見られたのだと気づいたのでしょう。さて、どう弁解するか。考えを巡らした主人は咄嗟《とっさ》に一石二鳥の妙手を思いつきました。どうやらこの男は娘に一目惚れしたらしい。ならばそれを利用して、店の品物を売りつけてやれ、とね。そしてあなたに語ったのが、急ごしらえの昔話というわけです」

「では、あれはまったくのでたらめだと……」

「そのとおりです」

氷坂の言葉は冷厳だった。

「あなたはまんまと主人の口車に乗せられ、益体《やくたい》もない姿見を買わされたのですよ」

「そんな……」

矢来は顔を覆った。

「ちょっと待て、氷坂よ」

恵美酒が言った。

「では、矢来君の下宿に出た女は、一体何だったのだ？　彼の見間違いか」

「いいえ、あれは本物でしょう。本物のお姫様――つまり古道具屋に囲われていた娘です。矢来氏に姿見を売りつけた古道具屋は首尾よくいったと北叟笑《ほくそえ》んだことでしょうが、後になって娘から詰《なじ》られたのだと思います。あの姿見がなければ外の景色が見られないではないか。それに、あの姿見にわたしが宿っているという嘘を吐《つ》いて、この後どうするつもりだ。わたしが鏡に映らなかったら、怒って怒鳴り込んでくるかもしれない。もし生身の自分がここに軟禁されていると知られたら、どうするつもりだ、と。

目先の利欲につられて作り話をしてしまった主人は娘に責められ、窮してしまったことでしょう。そこで娘は彼に耳打ちします。いい方法がある。作り話を知っているのはあの男だけだ。あの男を殺してしまえばいい」

矢来は眼を見張った。

「殺す？」

「そう、その時点であなたを殺害する計画が始まったのですよ。主人は姿見をあなたの下宿に運び入れる際に部屋の隅々まで調べたようですね。そのときにあなたの眼を盗んで合鍵の型を取ったのでしょう。そしてあなたに酒を渡した。おそらく眠り薬入りの酒です。それを飲んだあなたが寝入った隙に部屋に侵入し、あなたを殺すのが目的でした。直接の殺害は主人ではなく、娘がすることになった。これも娘が主張したのでしょう。あなたの体力では無理だから、わたしが殺すと」

「どうして……」

「娘の真の計画は別にあったからです。娘は部屋に忍び込み、寝入っているあなたを起こした。そして姫君の霊であるかのように振る舞い、あなたに将来の約束をし、口移しに薬を飲ませて再び眠らせた。それから首に帯紐を巻いて、締め上げる振りをしてみせた。これは多分下宿の外から様子を窺っていたであろう主人を騙すための芝居です。娘は主人とともに店に戻った。その晩、店は火事になり、主人は死んだ。しかし娘の遺体が見つかったという話は聞いてませんよね？」

「……ええ」

矢来はぎこちなく頷いた。胸の奥でどす黒い渦が巻き起こっていた。

「そういうことか」

恵美酒が心得顔で言った。

「そういうことです」

氷坂が同じ言葉を繰り返す。そして矢来に眼を向けた。

「あなたが鏡の中の姫君に恋をしたのと同様、娘も鏡に映った若者を見て、一目で恋したのでしょう。そして古道具屋の主人があなたに姿見を買わせるために咄嗟の嘘を吐いたのと同様、彼女も姿見があなたに売られるのを知って即座に計画を立てたのです。自分の身を自由にし、あなたと添い遂げるための計画を」

「まさか……そんな……」

矢来は力なく首を振った。

「まさか妻が……人殺しを……」

「彼女は慎重でした。古道具屋の主人殺害の後、すぐあなたに会いはしなかった。土の死に疑いがかけられないか、自分の存在が疑われていないかどうか、様子を窺っていたのです。同時に彼女は、あなたの動向を常に気にしていました。そしてもう大丈夫だと思えるようになってから、あなたが勤める大学の学生になって、あなたと再会したのです。できるだけさり気なく、かつ劇的な出会いを演出するためにね。よって件《くだん》の如し」

「なんだつまらん。性悪女の手管に振り回されただけの話ではないか」

恵美酒が憮然とした顔で言った。

「しかたないですよ」

氷坂は素っ気なく言った。

「本当に不思議な話なんて、そう簡単に出会えるものじゃない」

「もういい。矢来君、残念だが君の話に金は出せん。さあ、さっさと帰ってくれ」

矢来はすげなく店から追い出された。

冷たい風が矢来の強張《こわば》った頬を打つ。この強張りは、寒さのせいではなかった。とっておきの奇談を披露して報酬を貰い、それで妻に結婚記念日の贈り物をする、というのが彼の目論見《もくろみ》だった。

どうしようか。どうしたらいい?

矢来は妻の顔を思い出しながら途方に暮れた。これから先、彼女に対して、どんな顔をすればいいのだろう?

店の前に佇《たたず》んだまま、矢来は動けないでいた。

不器用な魔術師

1

その建物を前にして、紫島美智《しじまみち》はかすかな身震いを覚えた。

寒さのせいではない。もちろん恐怖のせいでもない。それは驚きの感覚に近かった。風化していたと思っていた記憶が不意に鮮明になり、現在の自分に重なってきたような感覚だ。それが美智の背筋に電流を流したような震えを呼び起こしたのだった。

このような建物を、自分は知っている。

これは偶然なのだろうか。それとも。

ドアに手を当てた。使い込まれた木製のドアだ。経てきた時の長さを物語るような色合いと傷、そして手触り。外界と建物の中とを隔《へだ》てようとする峻厳《しゅんげん》とした意志が伝わってくる。


「strawberry hill」


ドアに打ちつけられたプレートに刻まれた文字を読む。美智の震えが消えた。

フランス語ではなかった。やはりここは彼女が馴染んだ世界のひとつではない。苦笑が洩れる。

ドアは音もなく開いた。この抵抗感の無さにもまた、少々拍子抜けさせられる。もしかしたら見かけ倒しな店なのかもしれない。

中に入って彼女は、自分の予感が若干《じやつかん》外れていることに気づいた。暖かな空気と柔らかな光が彼女を迎え入れてくれる。床や壁もドアと同じように時を経てきたようだ。見かけ倒しなどではない、人を迎えることに慣れた建物特有の、馴染みやすい風合いを持っていた。

木製カウンターがある。スツールは九つ。最適な数だ。それ以上多くても少なくても、この店の雰囲気は壊れるだろう。

カウンターの後ろには酒の瓶とグラスの並んだ棚がある。置かれているのはほとんどがスコッチの類《たぐい》だった。やはり英国風か、と美智は思った。イギリスには数回ほどしか訪れたことはなかったが、パブを覗いたことはある。雰囲気は似ているが、イギリスのそれはもっと猥雑《わいざつ》で通俗的だった。日本で営業するとなると、あの雰囲気をそのまま持ち込むことは無理なのだろう。

奥からバーテンダーが姿を現した。

「これはどうも失礼いたしました。いらっしゃいませ」

背筋を伸ばし、一礼した。一分の隙もない服装、丁寧に手入れされた髪と顎鬚《あごひげ》。やはり違う、と美智は思った。イギリスのパブには、こんな執事のような男はいなかった。パブとは結局のところイギリスの居酒屋で、バーテンダー――向こうではパブリカンといった――とは居酒屋の主人なのだ。こんなに気取ってはいない。この店の雰囲気はホテルのバーに近いかもしれない。

「エビスさんと仰《おっしゃ》る方に会う約束がありますの」

気を取り直して美智は言った。

「お店の方に名前を出せばわかる、と言われてきたのですけど」

「はい、お伺いしております。どうぞこちらへ」

バーテンダーは彼女を奥に案内した。ドアがある。同じ木製だが入口のものとは違い、アールデコ風の木彫《もくちょう》を施された繊細な造りのものだった。

「お約束の方がお見えです」

バーテンダーがドアをノックし、声をかける。

――通してくれ。

声が応じた。響きのいい声だ。

「どうぞ」

バーテンダーが一歩退く。美智はドアを開けた。

思ったより広い部屋だった。店と同じような色調でまとめられている。壁には本棚が設《しつら》えられ、古書店よろしく本が詰め込まれていた。その隣の棚には古い地球儀や真鍮《しんちゅう》製のランプ、大理石の像といった雑多なものが置かれている。美智はフランスの田舎町を歩いているときに見つけた古道具屋を思い出した。

しかしそんな眼に入る情景より先に、美智の感覚に直接飛び込んでくるものがあった。葉巻煙草の匂いだ。

「失礼、シガリロの匂いはお嫌いですかな」

先程の声が問いかける。美智はその声の主に言った。

「いえ、それほどでもありません」

昔なら匂いを感じた瞬間に部屋を飛び出していただろう。喉に悪いという理由以前に、匂いが我慢ならなかった。いつだったか、会場に煙草の匂いが充満しているからという理由で公演をキャンセルしたことがあった。まだ我《わ》が儘《まま》を言えるほど若く、そして周囲もその我が儘を許してくれていた頃の話だ。

今は……もう諦めてしまった。誰も受け入れてくれない我が儘など、虚《むな》しいだけだ。美智は声の主に眼を向けた。

五十歳から六十歳の間、と見当をつけた。飽食と快楽に溺れて膨らんだ体を三十年以上前のデザインと見受けられるスーツに押し込んでいる。髪は収拾がつかないほどもじゃもじゃと乱れていた。今どき珍しいロイド眼鏡といい、鼻の下に生やしているチャップリンかヒトラーのようなちょび髭といい、どこか時代錯誤的な雰囲気がある。美智がこういったタイプの男たちを眼にしたのはやはり三十年以上も前のことだ。ステージに立って歌う彼女を見る彼らの眼は卑猥で下品で低俗だった。財産と教養を誇りながら、その心根は沼のように臭気を立てていた。美智は彼らのことが大嫌いだった。

そんな彼らと同じような姿形をしている眼の前の男を、しかし今はそれほど嫌悪感を抱かずに見つめることができた。自分が以前ほど好き嫌いの激しい人間ではなくなったせいかもしれないが、その人物が彼女の嫌っていた俗物たる男たちとはいささか印象が異なっているからでもあった。同じような格好をしているのになぜそう感じられるのか、美智にはわからなかった。

「あなたがエビスさんですか」

美智が問いかけると、男は頷いた。

「さよう、儂《わし》が恵美酒です」

男が差し出した名刺を、美智は受け取った。

【奇談蒐集家　恵美酒　一《はじめ》】

「面白い肩書ですのね。奇談蒐集家というのは？」

「文字どおりの意味です。儂は奇談を集めております。この世のものとも思えない、血も凍るような恐ろしい話。世の常識を引っくり返してしまうような、信じられないほど滑稽《こっけい》な話。一度聞いたら二度と忘れられんような、突飛《とっぴ》な話。そんな話を集めておるのです」

「口裂け女とか、耳朶《みみたぶ》に開けたピアスの穴から白い糸が出てきて、なんてお話ですか」

「いえいえいえ、そんな愚にもつかん、友達の友達が体験したとかいうのが決まり文句の都市伝説なんぞ儂の蒐集品には入れません。儂が集めておるのは、当人が実際に体験した奇談のみです。世界を渡り歩いていらしたあなたなら、きっと突拍子《とっぴょうし》もない体験をされているのでしょうな」

「わたしのこと、ご存知ですの？」

「知らぬわけがないでしょう」

恵美酒は大仰に首を振った。

「不世出のシャンソン歌手、紫島美智。日本人でありながらフランス人以上にシャンソンの心を歌うことができる歌手と言われた御方だ。晩年のエディット・ピアフが『わたしの歌の心はミチ・シジマに受け継がれるだろう』と言ったことはあまりに有名です。儂のような門外漢でもその程度のことは知っておりますぞ。さらに言うなら儂自身、あなたのレコードは何枚か所持しております。カーネギーホールで録音されたものとオランピア劇場で録音されたもの、それに――」

「もう結構」

美智は恵美酒の饒舌《じょうぜつ》を止めた。

「一点、間違えていらっしゃるわ。ピアフの言葉には続きがあります。『もしも彼女が、もっと人の心を解し人を愛することを覚えたなら』という言葉が。しかしわたしは彼女が思うようにはなりませんでした。ピアフのように奔放に男を愛することなどできなかった。もしも歌うことにそれがどうしても必要なのだというなら、わたしは本物の歌手ではありませんでしたわ。そんなことより恵美酒さん、あなたはわたしのお話を聞いてくださいますの？」

「もちろん、是非とも謹聴《きんちょう》したいものです。あなたの経験された奇談なら、さぞかし不可思議で魅惑的なものに違いありますまい。そうは思わんか氷坂《ひさか》」

恵美酒は美智の背後に声をかけた。

「それは何とも言えません」

性別のわからない声が応じる。美智が振り向くと、背後の壁際に人影があった。

「判断するにはまず、この方のお話を伺わなければ。で、お飲み物は？」

声の主はワゴンを押しながらこちらにやってきた。ワゴンには洋酒の瓶とグラスが並んでいる。

「儂にはいつものやつだ。紫島さんは何を飲まれますかな？」

「あるかね氷坂？」

「ベルモット、ありますかしら？」

「ええ、ノイリー・プラットのスイートでしたね」

「わたしの好み、よくご存知ですのね？　お調べになったの？」

「まあ、そんなところです」

氷坂と呼ばれた人物は恵美酒の前にスコッチの入ったショットグラスを、美智には花模様のリキュールグラスを置いた。間近で見ても男なのか女なのか判別しにくい。どこか作り物めいた風情があった。髪は精錬したばかりの銅のような色に染められている。肌は蠟細工のように白く、唇を彩る薔薇《ばら》色が映えていた。白いシャツに黒のスラックス、糸瓜《へちま》襟の黒いベストに深紅の蝶ネクタイを合わせている。

「あなたは恵美酒さんのお付きなの？」

美智が問いかけると、氷坂は形のいい眉を少し上げて、

「まあ、そんなところです」

同じ言葉を繰り返した。

「さて、お話を伺わせていただきましょうかな」

グラスを一気に空けてから恵美酒が言った。

「わかりました。ただお話しする前に条件があります」

「どういうことでしょうかな？」

「新聞広告に書いてあった報酬というのはわたし、いただきたくありません。この話をお金で売りたくはないのです」

「ではなぜ、ここまできて儂に話をしようと思われたのですかな？」

「広告にあった『審査あり』という文言《もんごん》に惹かれましたの。わたしの話をどう審査されるおつもりかしら？」

「もちろん、その奇談が本当に奇談であるかどうかを見極めるのです。儂が求めておるのは空《くう》言《げん》や与太《よた》話ではない。本当の奇談なのですからな」

「なるほど」

美智は頷いてからベルモットのグラスを傾けた。馴染みのある香りと刺激が喉を滑り落ちる。

「わかりました。ではお話しいたします。これは今から何十年も昔、わたしがまだ若かった頃のお話です。十二月になったばかりでした。わたしはパリで、ひとりの魔術師に出会ったのです」

2

その頃のわたしは、やっとフランスでも認められて歌うことができるようになったところでした。といっても、まだまだ大舞台に出られるほどではありません。小さなところで小人数を相手に歌うだけ。それでも楽しかったのですけど、やはりより大きな成功を望んでおりました。

先程は人を愛することなどできなかったと申しましたけど、当時はわたしにも恋人がおりました。わたしと同じように若く野心を持ったギタリストでした。いつか自分の作った曲で世間に認められることを夢見ていました。わたしたちは同じ夢を追いかけていたのです。

でも、いつの間にかわたしたちの心は離れていきました。その経緯についてはここで語ってもしかたのないことです。わたしたちは結局袂《たもと》を分かつことになりました。後に彼は自作の曲が認められ、新進気鋭の音楽家として活躍を始めました。何年も後にわたしたちは再会し、互いの成功を喜び合いました。しかしこれも、これからお話しすることとは無縁の話です。彼が交通事故で命を落としたのは再会の翌年のことでした。

それよりずっと以前、彼と別れたばかりの頃、わたしはひとりでパリのアパルトマンに住んでおりました。

孤独でした。失くした恋のことが忘れられず、夜はひとりで泣き暮らしていました。歌にも情熱を失いかけていました。いっそのこと日本に帰ってしまおうかとさえ考えていました。それでも荷物をまとめようとしなかったのは、このまま終わってしまったら自分の一生は台無しになってしまうだろうという虞《おそれ》があったからです。負けたくない。その一心でパリにしがみついていました。

わたしが住んでいたのはモンマルトルにある古いアパルトマンでした。台所やトイレは共同ではありませんでしたが、冷暖房なんて気の利いたものはありませんでした。夏は西日が暑く、冬になれば凍《こご》えるような寒さに震えました。夜は明かりに乏しく、ずっと陰鬱《いんうつ》でした。

さらによくなかったのが隣室の住人です。七十歳くらいの女性だったのですが、ひどく偏屈で口うるさいひとでした。わたしが夜に物音を立てたり歌ったりすると、必ず壁を叩いて抗議してきました。音が筒抜けなのです。バルコニーから大声で怒鳴られたこともあります。そのくせ自分は夜中でもラジオを大きな音で鳴らして聴いているのです。ずいぶんと自分勝手なひとでした。アパルトマンの管理人の話では、じつはすごい資産家の未亡人で、うなるほど金を持っているのに吝嗇《けち》なので、金を節約するためにこんなところにひとりで住んでいるのだそうです。一日中部屋を出ないで買い物も全部業者に持ってこさせるという徹底ぶりでした。ドアの鍵もごついのがいくつも付いていて、とにかく変なひとだったのです。わたしとは反対側に彼女の部屋と接していた住人は耐えられなくなったのか引っ越してしまい、ずっと空室になっていました。わたしも引っ越したかったのですが、そのためのお金もなく、我慢しつづけていました。

そんな悶々《もんもん》とした気持ちで過ごしていたときのことです。十二月を迎え、寒さも一段と厳しくなってきたある日の午後、わたしはテルトル広場近くにある行きつけのカフェで、いつものようにカフェクレームを飲みながらぼんやりと外を眺めていました。他にすることがなかったのです。

行《ゆ》き交《か》う人々と寒そうな景色を見ながら何度目かの溜息を吐《つ》いたとき、何かが転がるような音を耳にしました。下を見ると、足許に何か赤いものが転がってくるのが見えました。拾い上げてみると、木製の小さなボールでした。

「すみません、落としてしまいました」

眼の前に若い男が現れました。髪は茶色で瞳は緑、まだ幼さが残る顔立ちで、ほっそりとした体に似合わないざっくりとした青いセーターを着ていました。

わたしがボールを手渡すと彼は微笑んで反対側の手に持っていたものを見せました。黒い小さなカップでした。

「これで何をするか、わかりますか」

わたしが答える前に彼は向かい側の席に座り、ボールをテーブルの上に置きました。そしてカップをその上に被せ、他にもうふたつのカップを同じようにして並べました。

「どのカップにボールが入っていると思いますか」

わたしがカップのひとつを指差すと、男は素早い手付きで三つのカップを入れ替えてみせました。

「今度はどうです？　ボールの居場所は？」

わたしは適当にひとつを指差しました。彼がカップを開けると、中は空でした。

「残りはふたつ。さあどっちでしょう？」

茶目っ気のある表情で男が訊きました。わたしがひとつを指差すと、彼がカップを開けました。今度も空でした。

「あなたは運のいいひとです」

「どうして？」

「最後までボールの居場所がわからなかったひとに幸運が訪れる。これはそういうゲームなんです」

男が最後に残ったカップを開けました。でもその中も空でした。

「あら？」

わたしが声をあげると、

「あなたの幸運は相当のものです。あるべきボールまで消し去ってしまうとは」

男は微笑みました。そしてわたしの耳のあたりに手を伸ばしました。

「ほら、こんなところにありましたよ」

彼の手には、あのボールがありました。

「あなた、手品師なの？」

わたしが訊くと、

「いえ、手品師ではなく、魔術師です。手品にはタネがありますが、魔術にはありません。じつは僕が魔術でボールを消して、また登場させたんですよ」

「魔術師？　これが魔術？」

「そうです。今度はもっとすごいのを見せてあげましょう」

ボールをもう一度テーブルに置き、カップを被せ、他のカップと入れ替えはじめました。さっきよりも速い手捌《てさば》きでした。

「さあ、もっと速く動かしますから見逃さないように——」

そのとき、からんと音がして赤いボールがカップから飛び出しました。

「あ」

ボールはテーブルを転がり、わたしのスカートの上に落ちました。それを拾って顔を上げると、彼はとても情けなさそうな顔をしてわたしを見ていました。

「……駄目だ。やっぱり失敗してしまった」

「まだまだ練習が足りないみたいね」

「そうなんですよねえ。僕、なかなか上達しないんです」

そう言うと彼は大袈裟な溜息を吐きました。その落胆ぶりが可笑しくて、ついつい笑ってしまいました。彼も含羞《はにか》みながら微笑みました。

それが彼との出会いでした。

名前はパトリス、手品師、いえ、魔術師になるために修業をしている若者でした。歳はわたしよりひとつ下。普段はパン屋で働きながら、ときどきテルトル広場で似顔絵描きの画家たちに交じって魔術を披露しているということでした。

それからもわたしたちは同じカフェで何度も顔を合わせるようになりました。その度にパトリスは新しい魔術を見せてくれました。トランプの魔術、ロープの魔術、リングを使った魔術、どれも素敵でした。ただ彼、あまり器用ではありませんでした。何をやっても手付きが危ういんです。トランプは切っているときに手から滑り落ちてばらばらになってしまうし、ロープを切るときには間違って自分の手を切りそうになりました。頑張っているのだけど、どうしても安心して見ていられないのです。

「不器用だなあ、僕」

パトリスはそう言って頭を抱えました。

「大丈夫、練習すれば上達するわよ」

わたしは彼を慰めました。本当に上達するかどうか、わたしにも自信はなかったのですけど。

「そうだといいんだけどなあ。上達しないといけないし」

その言いかたが少し気になりました。

「どうして上達しないといけないの？」

「だって他に僕の力を生かせる方法がわからないから……」

「力？」

「あ、何でもないです。そんなことよりミチ、あなたのほうはどうなんですか」

「駄目よ。昨日も断られちゃった。わたしみたいな外国人に歌わせてくれるところなんて、どこにもないみたい」

「そんなことはないです。あなたこそ、簡単に諦めてはいけませんよ。きっと認めてもらえるときがきますから」

パトリスは言いました。さっきまでわたしが慰めていたのに、今度は彼に慰められてしまう。そんなこともよくありました。奇妙な感じでした。でも、彼の優しさは嬉しかった。

そんなふうにわたしたちは、カフェで話をすることが日課のようになっていきました。パトリスと話すのは、とても楽しかった。恋人を失って心の中に開いてしまった穴が、彼によって癒されていくような気がしたのです。

わたしは彼にいろいろなことを話しました。日本で初めて聴いたシャンソンのレコードのこと。その歌に憧れ、両親の反対を押し切って歌の道に入ったこと。日本でそこそこ成功したものの、どうしてもそれだけでは満足できず、すべてを捨ててパリにやってきたこと。パリで出会った恋人と、その別れのこと。住んでいるアパルトマンの環境の悪さと、迷惑な隣人のこと。とにかく何でも話したのです。パリにやってきてから友人らしい存在がいなかったわたしにとって、パトリスは得難い話し相手でした。彼はわたしの話を静かに聞いてくれました。その頃のわたしには、それだけで充分にありがたいことだったのです。出会ってそんなに時間が経たないうちに、彼はわたしにとって大切な存在になりました。

でも、そのときはまだパトリスに恋をしていなかったと思います。彼に対する感情は、もっと緩やかで、穏やかなものでした。第一わたしたちは、そのカフェ以外では顔を合わせることはなかったのです。その店でだけ出会って、話をして、そして別れる。ずっとそれだけの関係でした。

一度だけ、カフェ以外でパトリスの姿を見たことがあります。そのとき初めて、わたしは彼という人間の不思議さに気づいたのです。

それはカフェ近くの小さな公園でのことでした。いつもの買い物帰りに通りかかると、公園の真ん中あたりにパトリスが立っていました。わたしには気づかず、空を見上げていました。その横には小さな女の子がいました。泣いているようでした。彼と同じ方向を見てみると、黄色いものがふわふわと浮かんでいるのが眼に入りました。風船でした。どうやらその女の子が手放してしまったようでした。風船はもう誰にも手の届かない高さにまで上がっていました。

パトリスは女の子を慰めようとしていました。でも女の子は泣くばかりで、彼の言うことなど聞いてはいないようでした。パトリスは本当に困っているようでした。

わたしは彼に声をかけようと近づいていきました。そのときです、不意に彼が虚空に向けて右手を差し出し、舞うように一閃させたのです。

その手には黄色い花が一輪、摑まれていました。

わたしは思わず息を呑みました。本当に何もない空間から花を摑み出したように見えたのです。それくらい、彼の手際は見事なものでした。

パトリスはその花を女の子に差し出しました。女の子はびっくりしてその花を見つめていました。彼は女の子に微笑みかけると、もう一度同じように手を閃かせました。花が再び現れました。女の子は驚きに眼を丸くしていました。パトリスは二輪の花を彼女に手渡し、頭を撫でました。そして初めて、わたしがいることに気づきました。

そのときの彼の表情といったら。まるで悪いことをしているのを見つかった子供のようでした。

「素敵な魔術ね」

わたしが言うと、

「いや、それは、あの……」

ひどくしどろもどろな様子で、ろくに返事もできないでいました。女の子はわたしに花を取られるとでも思ったのか、駆け出していきました。

「あんなの見せてもらったこともなかったわ」

「あれは……まだ駄目なんです。見せられません」

パトリスはうろたえていました。見られてはいけないものを見つかってしまったかのような、そんな狼狽ぶりでした。

「他のができないと、あれを見せるわけにはいかないんです。ちゃんと手品ができないと」

彼が「手品」と言ったのが気になりました。今まで彼は自分がやっているものを「魔術」と呼んでいたのですから。

「ボールのとかトランプのとか。ああいう手品がちゃんとできるようになって、やっと誤魔化すことが……あ、いや、何でもありません」

パトリスの様子は本当に変でした。

その日のことだけではありません。その後も彼にはときどき、奇妙に思えることがありました。例えば公園で彼が花を取り出すのを見た翌々日でしたか、自分の指から指輪が失くなっているのに気づいたのです。祖母の形見として貰った、大切なものでした。どこに落としたのか見当もつきません。わたしはひどく落胆しました。カフェで会ったとき、パトリスにもわたしの落ち込みぶりがわかったのでしょう、何があったのかと訊いてきました。指輪のことを話すと、

「それはミチにとって本当に大切なものですか」

と真剣な表情で訊かれました。

「もちろんよ、あれは形見ですもの。絶対に失くしてはいけないものなの」

そう答えると、パトリスは不意にわたしの手を取りました。

「指輪をしていたのは、この指ですね？」

わたしの右手の薬指に自分の指先を添えると、彼は静かに眼を閉じました。彼が何をしようとしているのか、わたしにはわかりませんでした。やがて眼を開いた彼は言いました。

「今日、市場へ行きましたね？」

「ええ」

「野菜を買った？　ジャガイモかタマネギ……丸い野菜です」

「……ええ、タマネギを買ったわ」

どうしてそんなことを知っているのだろう、と不思議に思いました。パトリスは続けました。

「その店の主人に訊いてごらんなさい。指輪の在《あ》り処《か》がわかりますよ」

まるで占い師のようでした。半信半疑でしたけど、すぐに市場に向かいました。顔馴染になっていた八百屋の主人は、わたしの顔を見るなり、

「ほら、これだろ？」

とポケットから失くした指輪を取り出したのです。

「あんたが買い物した後、落ちてたんだよ」

わたしは震える手で指輪を受け取りました。大切な形見が戻ってきた喜びもありましたが、それ以上に驚いていました。翌日カフェに現れたパトリスに指輪を見せ、どうして在り処がわかったのか尋ねました。すると彼は困ったような顔をして、

「そのことは、訊かないでください」

と言うのです。

「どうして？　なぜ教えてはくれないの？」

重ねて訊くと、

「あなたに……嫌われたくありませんから」

彼の言葉に、わたしはなぜかはっとしました。意味はわかりませんでしたが、何か大きな秘密が隠されているような気がしたのです。

それからまた、こんなこともありました。いつもと同じようにパトリスとカフェで話をしていたときのことです。それまで饒舌《じょうぜつ》に喋っていた彼が、不意に黙り込んでしまいました。そして隣の席を見つめているのです。そこにはわたしたちと同じくカフェの常連だった老人が座ってヴァン・ショーを飲んでいました。どうしたのかと訊こうとしたとき、パトリスは不意に立ち上がり、老人の前に立ちました。

「失礼ですが、今夜はコタン小路方面には出ていかれないほうがいいと思います」

突然の言葉に老人は驚いているようでしたが、

「どうしてあんたが知っているのかわからんが、そういうわけにはいかん。今夜は妹の家で食事をする約束があるのでな」

と言ったのです。パトリスはなんとか説得しようとしていましたが、老人は聞き入れませんでした。最後には怒り出してカフェを出ていってしまいました。

「一体どうしたのパトリス？」

わたしが訊いても彼は辛そうに、

「大事にならなければよいのだけど……」

と呟くだけでした。彼が何を恐れているのか、そのときのわたしにはわかりませんでした。

わかったのは翌日、あの老人が昨夜コタン小路近くを歩いているときに強盗に襲われ怪我をしたという話を聞かされたときでした。幸い大きな怪我ではなかったようですが、賊に財布を盗《と》られていました。

「あなたが恐れていたのは、このことなの?」

わたしが訊くと、パトリスはいつもどおりボールとカップの手品を練習しながら、

「運命って変わらないのかな……」

と、寂しそうに呟きました。

「きっと変えられる。そう思ってたのに」

はっ、としました。

「パトリス、あなたまさか……」

「ミチ、僕はあなたが羨ましいです」

パトリスはわたしの言葉を遮るように言いました。

「あなたの能力は、あなた自身を幸せにすることができます。歌うことは、喜びでしょう? 僕は違う。僕の能力は僕を苦しめるだけです」

わたしにはそのとき、彼の真の姿がわかりました。

自らを魔術師と名乗っているのには理由があったのです。彼は、本当に魔術が使えるのだと。いえ、魔術というより、超能力と呼んだほうがいいのでしょうか。彼は何もない空間から花を摑み取ることができました。失くした指輪の在り処を探り当てることができました。そして

ひとの運命を予見することができたのです。

タネのある手品などではない、本当の不可思議現象を引き起こすことができたのです。

「ミチ、あなたが何を考えているのかわかりますよ」

その言葉に思わずたじろぐと、彼は笑いながら、

「大丈夫、いくら僕でも読心術はできません。でもあなたがそろそろ僕の秘密について気がついているだろうってことくらいは、特殊な能力がなくても察することはできます。でもミチ、そのことは決して口にしないでください。いいですね？」

「なぜ？」

「あなたが知っているということを、僕は知りたくないのです。知ってしまえば、僕はあなたの前から消えなくてはならない。秘密を知ったひとの近くにはいられない。これが僕のような能力を持って生まれてしまった人間の定めなんです」

定め……よくわかりませんでしたけど、彼の正体を口にしてはいけないということだけは理解できました。

「わかったわ。絶対に言わない。でもひとつだけ教えて。どうして手品を練習しているの？ あなたの力があれば――」

「手品師になれば、僕は自分の能力を隠さずに、その上ひとを楽しませることができる。そう思ったんです」

なるほど、と思いました。いくつかタネのわかりそうな手品を見せ、その後で彼の能力を生

かした本当の魔術を見せたとしても、観客はそれもタネのある手品だと思ってくれるでしょう。そうすれば彼は、隠すことなく力を発揮できるというわけです。

「でもそのためには、タネのある手品をもっと上達させて本物と見分けがつかないようにしないといけないわね」

わたしがそう言うと、パトリスは肩を竦《すく》めて、

「それが問題なんですよね」

と言いました。わたしはつい笑ってしまいました。

それからもわたしたちは、カフェで共に時間をすごしました。パトリスは手品の練習をし、わたしは観客になって批評しました。彼はとても熱心でした。でも、どうしようもなく不器用でした。だからなかなか上達できませんでした。でもそんな時間が、わたしにはとても楽しかった。

時は過ぎ、クリスマスも終わっていよいよ明日は大晦日《おおみそか》という日のことです。いつもどおりカフェにやってきたパトリスは、とても深刻な顔をしていました。

「どうかしたの?」

尋ねたわたしに、彼は何か言いたそうにしていました。でもなかなか言い出せないようでした。

「言ってちょうだい」

わたしが促すと、やっと決心したように彼は、

「お願いがありますミチ」

と切り出しました。

「明日は夜になったら、アパルトマンから出てください。そして夜が明けるまで、戻らないでください」

「なぜ？」

「理由は聞かないで。絶対にアパルトマンにいてはいけません」

彼は真剣でした。わたしは怖くなりました。

「もしかして、それもあなたの――」

「何も言えません。僕を信じてください」

間違いありません。彼は何かを予見したのです。もしも明日の夜アパルトマンに留まっていたら、きっとわたしの身に恐ろしいことが起こるに違いないのです。

「怖いわパトリス」

「恐れることはありません。アパルトマンにさえいなければ大丈夫です」

そう言われても、一度生まれてしまった恐怖は消えませんでした。わたしは言いました。

「やっぱり怖いのパトリス。明日ずっと、一緒にいて」

「え？」

「わたしと一緒にいて。そうでないと怖くて駄目」

「しかし……」

わたしが本当に怖がっていることがわかったのでしょう、最初は渋っていたパトリスも、最後には一日ずっと一緒にいると言ってくれました。

次の日の大晦日、わたしは夕刻になってからアパルトマンを出ました。そして迎えにきてくれたパトリスと大晦日のパリを歩き回りました。日本と違ってフランスでは大晦日の夜——レヴェイヨンと言いますけど——は友達や恋人とパーティをしたり街に繰り出したりするのです。ですからどこにいってもお祭り騒ぎ。最初のうちはパトリスの〝予言〟のことが気になっていたわたしも、次第に気持ちが浮かれてきました。パトリスも何か気がかりな様子でしたけど、わたしと一緒に街を歩いているうちに笑顔が戻ってきました。わたしたちは思い切り食べ、飲み、そして歌いました。酔った勢いでわたし、オペラ座前の路上で歌ってしまいましたの。そしたら道行くひとたちがとても喜んでくれました。わたしの歌に拍手と喝采をくれたんです。パトリスも満面の笑みでわたしを褒めたたえてくれましたわ。

「ミチ、素晴らしいです。あなたの歌は本物です」

そう言って抱きしめてくれたのです。とても、とても嬉しかった。

新年の瞬間はシャンゼリゼ大通りの群衆の中で迎えました。宝石のような光で彩られた中で大勢とカウントダウンをして、新年になった瞬間大騒ぎ。車はクラクションを鳴らし、人々は手にしたシャンパンを開け、そしてお祝いのキスをする。まわりのすべてが夢のようでした。わたしも大声で「Bonne《ボ》 année《ナネ》!」と叫んで杯を空け、みんなにキスをしました。もちろんパトリスにも。

「あなたに会えてよかったわ、パトリス」

わたしが言うと、パトリスは一瞬だけ悲しそうな顔をしました。でもすぐに笑顔に戻って、

「僕もですよミチ。あなたに会えて本当によかった」

そう言ってキスを返してくれました。

夢のようなひとときはあっという間に過ぎ、気がつくと空が明るんでいました。

わたしたちはメトロの入口で別れました。

「ありがとうパトリス、あなたのおかげで素敵な新年を迎えられたわ」

わたしはもう一度彼にキスしました。

「僕もです。あなたに感謝しています」

パトリスはわたしを抱きしめました。とても強い力で。そのとき、わたしは悟ったのです。

「ねえ……もしかして、もう会えないの？」

「ええ、あなたとは、これが最後です」

「なぜ？　わたし、あなたの秘密を口にはしなかったわよ」

「あなたは約束を守ってくれました。だからあなたの運命を変えました。これが僕にできる精一杯のことです。さようならミチ、あなたのことは忘れません」

そう言うと彼はわたしから離れ、駆け出していきました。

わたしは彼の後を追いかけたかった。でも、できませんでした。わたしは黙って彼の後ろ姿を見送りました。

それからメトロに乗って帰りました。アパルトマンに近づくにつれて、何やら騒然とした雰囲気が町に漂っているのがわかりました。新年らしからぬ慌ただしさでした。やがて、その理由がわかりました。

わたしが住んでいたあのアパルトマンが、真っ黒になって焼けてしまっていたのです。火元は、あの口うるさい老婦人の部屋でした。炎は同じ階をすべて焼き尽くしていました。わたしの部屋ももちろん、持ち物すべてとともに灰になっていました。

愕然としたまま、わたしは立ち尽くしていました。

「おお、やっぱり無事だったんだな。よかった」

不意に肩を揺すられました。管理人でした。

「君は無事だと信じていたよ。何もかも燃えてしまったが、命が無事だっただけでも幸いだな。シモンさんは残念なことをしてしまった」

シモンというのは、あの老婦人の名前でした。

「亡くなったのですか」

「厳重な鍵が逆に命取りになったようだ。逃げる途中でやられてしまったんだよ」

「まあ……」

わたしは黒ずんだアパルトマンを見上げました。

――絶対にアパルトマンにいてはいけません。

パトリスの言葉が甦ってきました。このことだったんだ、と思いました。もしも昨日、アパルトマンに引き籠もっていたら、わたしもシモンさんと同じように……。

「パトリス……」

わたしは彼の名前を呟きました。

「パトリス……ありがとう」

3

「――それきり、パトリスに会うことはありませんでした。わたしは家財や衣服の一切を失ってしまいましたけど、もともとそれほど価値のあるものは持っていませんでしたから、かえってすべてが吹っ切れたような気分になりました。何よりパトリスに命を救ってもらえたことで、一からやり直す決心がついたのです。

以後のことは、あまり語る必要もないでしょう。今わたしがこうしてあるのも、あのとき出会った魔術師のおかげなのです」

美智が語り終えると、恵美酒は感に堪えないといった様子で首を振った。

「なるほど、素晴らしいお話です。あなたを救ったのは、まさに本物の魔術師、いや、エスパーでしょうな。虚空から花を取り出したのはテレポーテーションとサイコキネシス、指輪の在り処を探り当てたのはサイコメトリ、そしてあなたの身の危険を察知したのは、文字どおり予知能力によるものでしょう。そのパトリスという若者――今ではもう若者ではないかもしれないが――彼は優れた超能力者に違いない。しかもそんな力を持った者が、あえてインチキ手品を習得してカモフラージュしようとするというのは、じつに面白い。儂の蒐集品のひとつに加えるに相応《ふさわ》しい奇談だ。紫島さん、あなたの昔日の甘やかな奇談に乾杯しましょう。氷坂、酒を」

美智が話している間、部屋の隅に控えていた氷坂が、スコッチの瓶を持ってやってきた。空になったグラスに琥珀《こはく》色の液体を注ぐ。そして美智に言った。

「同じものでよろしいですか」

「ええ、いただくわ」

ベルモットがグラスに注がれると、恵美酒は待ちかねたように、

「では、素晴らしき奇談に、乾杯！」

グラスを差し上げ、口に持っていこうとする。

「マスター、即断すると後悔しますよ」

氷坂が言った。ひどく冷たい物言いだった。

「何だ？　おまえは気にいらんのか」

横槍を入れられ、恵美酒の顔が不機嫌になる。それを無視して氷坂は、美智に言った。

「ひとつだけ、お話しされていないことがありますね？」

「何かしら？」

「亡くなった老婦人の本当の死因です」

「……どうして？」

「あなたの話だと、管理人は『逃げる途中でやられてしまったんだ』と言っている。微妙な言い回しですね。普通なら炎から逃げようとして焼け死んだと解釈されそうですが、言外に何か別のものから逃げようとしたんだという含みを感じます。違いますか」

美智は氷坂の眼を見つめた。切れ長の眼が真っ直ぐに彼女を見返している。北国の湖のように冷たく澄んだ眼差しだった。

「シモンさんの遺体は解剖されました」

美智は言った。

「死因は拳銃による射殺でしたわ」

「何ですと!?」

恵美酒が声をあげた。

「では他殺なのか。しかし部屋には鍵が掛かっておったのでは？」

「ええ、鍵は内側から掛けられていたし、部屋には彼女以外誰もいませんでした」

「では密室殺人ということか。しかしどうやって……氷坂、わかるのか」

「想像ならできますよ」

氷坂は言った。

「現場は密室でも何でもない。窓は多分、開いていたはずです」

「何者かが遠くから窓越しに狙撃したと？」

「いえいえ、おそらく犯人は至近距離から彼女を撃ったのでしょう。たとえば、隣り合った部屋のバルコニーからとかね」

「バルコニー？」

「老婦人は隣室の騒音に敏感なひとだった。紫島さんが音を立てるとバルコニーに出て抗議するほどだった。そうでしたね？」

美智は頷いた。

「犯人は密かに紫島さんの部屋の合鍵を作り、それを使って部屋に入ると中で音を立て、老婦人がバルコニーに出てくるのを待った。そして予想どおりに出てきたところを、撃った」

「なんと……」

「外は大晦日の騒ぎの最中です。銃声など掻き消されたことでしょうね。犯行後、老婦人のバルコニーに飛び移った犯人は遺体を部屋に入れ、火を放った。まあ、そんなところでしょう」

「どうしてそんな面倒なことをしたんだ？」

「老婦人は部屋から一歩も外に出ないと言ってたじゃないですか。彼女を殺すためには他に方法が思いつかなかったんでしょう。だから大晦日の夜、紫島さんを部屋から追い出す必要があった。彼女がいない間に計画を実行するためです」

「まさか……ではパトリスという男が犯人だというのか!?」

「実行犯ではありません。紫島さんと一緒だったんですから。彼は共犯です」

「しかし、彼は超能力を――」

「あんなもの、超能力でも何でもありませんよ。何もないところから花を取り出す手品なんて、誰でもやってます。パトリスが不器用な人間だという先入観があるから逆に不思議に見えただけのことです。彼は紫島さんがいつも行き来する公園で、彼女がやってくるのを待って一芝居打ったわけです」

「指輪を見つけたのは？」

「パトリス自身が指輪を盗んだんですよ。本当は彼、とても器用なんでしょう。悟られないよう指輪を抜き取ることなんて造作もないくらいにね。指輪は八百屋の主人に渡しました。これはいつもこの店にくる日本人のものだから渡しておいてくれと言って、自分のことを秘密にしてもらうため、いくらかの金を摑ませておけばいい」

「老人が襲われることを予知したのは……ああ、まさか……」

「そのまさかです。彼あるいは彼の共犯者が老人を襲ったんですよ。多分前もってその老人の行動を調べておいたのでしょう」

「なんてことだ。全部仕組まれていたのか」

「それもこれも、大晦日の夜に紫島さんを部屋から追い出すための計画でした」

「しかし、どうして老婦人は殺されたんだ」

「さあね、資産家だという話でしたから、その遺産絡みの問題があったんじゃないですか。きっと彼女が死んで潤った人間がいるんでしょう。もしかしたら、パトリス君がそうかもしれない。ところで紫島さん」

氷坂は美智に向かい合った。

「ひとつだけ、わからないことがあります。なぜあなたは、ここにきたんですか。あなたは事の真相に薄々気づいていたはずです。これが奇談ではないこと、自分が作り話に乗せられて殺人計画に組み込まれてしまったということに。なのになぜ、ここにきて話すつもりになったのですか」

美智はすぐには何も言わなかった。ゆっくりとグラスを空け、それからやっと口を開いた。

「氷坂さん、あなたの仰るとおりだとして、ずいぶんとまどろっこしい計画だと思いませんこと？　どうしてこんな面倒な計画を彼——パトリスは立てたのかしら？」

「これも想像ですが、彼は夢見がちな若者だったのではないでしょうかね。老婦人を殺す計画を立てているうちにあなたの存在を知った。そしてあなたを計画に巻き込んで、いや、正確には計画から排除するために、あなたに接近する必要があると考えた。そのための方法を妄想しているうちに、あんな絵空事を思いついたのでしょう。女性に接近するには些《いささ》か突飛すぎる魔術師というシナリオですが、彼はそれに惚れ込んでしまったのだと思います。幸か不幸か、騙す相手であるあなたもまた、そうした絵空事を信じやすいタイプの人間だった」

「そう、あれほど奇抜な話でなかったら、わたしは逆に騙されなかったかもしれない」

美智は言った。

「わたしはあの頃、奇跡を信じたがっていたのよ。奇跡があるなら、わたしが成功することもあるかもしれないってね。事実、わたしはパトリスのことを信じて、奇跡を信じてパリで頑張ったわ。そして成功した。途中で彼の正体に気づきそうになったけど、あえて眼を閉じ耳を塞いで気づかないよう努めたわ。わたしは事実から逃げることで栄光を掴んだの。でも、もういいわ。わたしは眼を開きたくなった。誰かに無理やり閉じていた眼を開かせてほしくなったの。だから、ここにやってきたのよ。どうやら正解だったようね。氷坂さん、ありがとう」

「なんてことだ」

恵美酒は憤慨する。

「奇談でもなんでもないじゃないか」

「しかたないですよ」

氷坂は素っ気なく言った。

「本当に不思議な話なんて、そう簡単に出会えるものじゃない」

「それじゃわたし、失礼するわね」

美智が立ち上がろうとすると、氷坂が言った。

「その前にもう一杯、ベルモットをいかがですか」

美智は氷坂を見つめ、薄く微笑んだ。

「ありがとう、いただくわね」

水色の魔人

1

そのドアの前に立つまで、草間懋《くさまつとむ》は半信半疑だった。もしかしたら担《かつ》がれているのではないか、いや、ひょっとしたら手の込んだ詐欺《さぎ》か悪徳商法に引っかかろうとしているのではないか、そんな疑いの気持ちが拭えないでいたのだ。

しかし木製の古びたドアを眼にした瞬間、そんな疑念は吹き飛んだ。間違いない、と草間は思った。ここは、ミステリー・ゾーンの入口だ。

「……不思議な物語が決して不思議ではなくなる世界。空想の力によってのみ知ることのできる謎の世界……」

遠い昔、テレビのブラウン管に齧り付きながら観たアメリカのテレビ番組の、印象的なナレーションの台詞が口をついて出た。子供の頃はそういうものが大好きだった。怪奇現象、宇宙人、超能力、怪獣、怪人、そしてヒーロー、名探偵。

眼の前のドアから、そんなものと同じ……波動を感じた。そう、波動だ。心の奥底にあるセンサーを震わせる、特殊な波動。

気がつけば、そのセンサーが震わされるようなことが久しくなかった。今こうして昔のような波動を感じるまで、そんなセンサーが自分に備わっていることさえ忘れていた。子供の頃は、何よりも大切にしていたのに。

子供の頃……草間はドアの前に佇《たたず》んだまま、ここにきたことが間違いでなかったと確信していた。このドアの向こうにいる者なら、きっとあの不思議な体験を真剣に受け止め、信じてくれるに違いない。そして貴重な物語を聞かせてくれた礼として、いくらかの報酬を支払ってくれるだろう。それが幾許《いくばく》のものであっても、今の草間にはありがたいものだ。別れた妻と娘への慰謝料を支払うため、彼の懐《ふところ》具合は常に厳しかった。

現実と空想の区切りを付けないままで生きている草間を見限った妻は、今では彼の古い知人と再婚している。彼は娘のことを大層可愛がっているそうだ。実の父親の前では怯《おび》えていた娘も、新しい父親にはとても懐《なつ》いているらしい。

草間はドアに手を押し当てた。どっしりとした感触が伝わってくる。上のほうには金属製のプレートが打ちつけられていた。

「strawberry　hill」

苺の丘……きっと意味のある言葉なのだろうが、自分にはわからないし、わからなくてもいいと思った。とにかく、あの広告の主に会わなければならない。

ドアを開いた。

柔らかい照明に店の内部が浮かび上がる。いつだったかテレビで観た外国のバーのような雰囲気だった。木製のカウンター、木製のスツール、壁に並んだ洋酒のボトル、きらびやかに輝くグラスの列……もしかしたらこの店自体、あのテレビ番組に出てきたのかもしれない。だから記憶に残っているのかも、と草間はそんなことを思った。

「いらっしゃいませ」

カウンターの中に立つバーテンダーらしい男が草間に声をかけた。これもまた外国のドラマに出てくるような、髪も顎鬚《あごひげ》もきれいに撫でつけた押し出しのいい中年の男だった。

草間はバーテンダーの後ろに並ぶ酒の瓶に眼をやった。スーパーや量販店に並んでいるような見慣れた酒はない。どれも高そうなものばかりだ。どんな味がするのだろう。そう思ったとたん、草間の喉がひくついた。医者にはアルコール厳禁と言い渡されていたが、いまだに禁酒できてはいない。しなければならないことはわかっていても、体が酒を求めて止まないのだ。

草間はスツールに腰を下ろした。

「その……そこの緑色のボトルのは、なんて言うんだね？」

「トバモリーの十年ものです」

落ち着いた口調で、バーテンダーは答える。

「ウイスキーか」

「スコットランド地方のマル島で醸造《じょうぞう》された酒です。ライトなテイストのシングルモルトですよ」

「そうか……それ、貰えるかな。水割り……いや、ロックで」

「かしこまりました」

バーテンダーは慣れた手つきでロックグラスに砕いた氷を入れ、酒を注いだ。チェイサーの水が入ったグラスを添えて草間の前に差し出す。

草間はがっついていると気取《けど》られないよう、勿体《もったい》ぶった手つきでグラスを取り、口に運んだ。舌に触れたとたん、酒は柔らかな香りと刺激を彼の全身に行き渡らせた。ああ、これはいい。草間は陶然《とうぜん》とした気持ちになった。

「これは、いい酒だな」

実際のところ、酒の善し悪しなどわかってはいなかった。水を飲むような勢いで、一気に飲み干してしまう。

「もう一杯」

そう言った草間に、バーテンダーは表情を変えることなく、

「申し訳ありませんが、これ以上はお出しできません」

と言った。

「なぜだ？　この店は客の注文を断るのか」

草間は居丈高《いたけだか》に食ってかかる。しかし内心では自分の懐具合を見透かされたのではないかと怯えていた。すでに出入り禁止となった店が、もう何軒もある。彼が金も払わずに酒を飲みつづけたからだ。

「失礼ながらお客様の今夜のご用向きが、まだお済みではありませんから」

バーテンダーは丁寧な口調を崩さない。

「恵美酒《えびす》様にお会いになるためにいらっしゃったのでは？」

恵美酒……ああ、そうだった。

「そうだ、そういう名前の男に会いにきた。いるのか」

「最前からお待ちです。こちらへどうぞ」

バーテンダーはカウンターから出てくると、草間を店の奥に連れていった。古めかしいドアがあった。この奥に部屋があるようだ。

バーテンダーが、そのドアをノックする。

「お約束の方が、お見えですよ」

――おお、通してくれたまえ。

ドアの向こうから声がした。バーテンダーはドアを開け、

「どうぞ」

と草間を誘《いざな》った。

「ふん、いよいよミステリー・ゾーンへ突入だな」

少々強がりながらそう言うと、草間は中に入った。

その部屋はアンティーク・ショップのようだった。壁の棚には外国のものらしい古本が並んでいる。その間にはこれまた骨董品店に売られていそうな古い道具が雑然と置かれていた。大

理石の彫像、真鍮《しんちゅう》製の羅針盤、ガラス製の壺、チェスの盤……。そういうものが嫌いではない草間は、思わずそちらに足を向けそうになった。

「ようこそ参られた」

中央に置かれた革製の、これも年代物らしいソファに腰を下ろした人物が、草間に声をかけた。年齢はよくわからないが、五十歳は過ぎていそうだった。かなり太っていて、ソファがその重みで沈んでいるように見える。髪の毛は鳥の巣のように絡み合い、指を入れたら抜けなくなってしまいそうだった。今どき珍しい丸縁の眼鏡を掛けて鼻の下にこれまた漫画以外には見かけたことのないちょび髭を生やしている。一瞬、変装でもしているのかと思った。着ているのがやはり古い映画に出てきそうなデザインのスーツだったので、そんな印象を受けたのかもしれない。

「君が草間懋君かね？」

よく響く声だった。舞台俳優のようにめりはりがある。

「あ……はい、そうです」

応じた声には、先程バーテンダーに対したときとは違って、いかにも卑屈そうな響きが混じっていた。相手の雰囲気に呑まれて、すでに弱気になっている自分に気づき、草間は自分を嗤《わら》いたくなった。いつもそうだ。相手に合わせて態度をころころと変えてしまう。

男は右手の指の間に煙草を挟んでいた。いや、煙草にしては少し太い。葉巻だろうか。彼はその太めの煙草を口に持っていき、ゆっくりと吸った。あまり嗅いだことのない、甘いような苦いような匂いが煙とともに立ち上る。

「そこに掛けたまえ」

男は煙草の先で向かい側のソファを指した。

草間が腰を下ろすと、男はさらに一服し、それから言った。

「まずは自己紹介をしておこうか。儂《わし》はこういう者だ」

男はポケットから白い名刺を取り出し、草間に手渡した。

【奇談蒐集家　恵美酒　一《はじめ》】

「奇談……蒐集家？」

「読んで字のごとく、奇談を集めておる者だ。奇談、わかるかな？」

「ええ、珍しい話のことですよね」

「ただ珍しいだけでは儂の蒐集品には加えられん。この世のものとも思えない、血も凍るような恐ろしい話。世の常識を引っくり返してしまうような、信じられないほど滑稽《こっけい》な話。一度聞いたら二度と忘れられんような、突飛《とっぴ》な話。儂が求めておるのは、そういう話だ」

「昔、『ミステリー・ゾーン』とか『アウター・リミッツ』でやっていたような話ですか」

「フィクションと一緒にされては困るな。儂が蒐集しておるのは、正真正銘、話し手本人が体験した実話だけだ。まさか君、作り話や法螺《ほら》話を持ってきたんじゃあるまいね？」

「いえ、俺が……私が話そうと思ってきたのは、私自身が経験した、本当の話です」

「よろしい。そうでなくては」

恵美酒は相好を崩した。

「その話が真実で、しかも奇談と呼ぶに相応《ふさわ》しいものなら、礼をさせてもらおう。まずは話を……あ、いや、その前に準備が必要だ。君は、酒が好きなようだな？」

「え？」

いきなり問いかけられ、草間は戸惑った。

「さっき、バーですでに一杯聞こし召しておっただろうが」

「あ……はい」

「酒はいいぞ。人生を豊かにする。どんな酒が好みかね？」

「はあ……いつもは焼酎などを」

「焼酎！　はっ！」

男は小馬鹿にしたような表情で手を振った。

「君はあんな芸のない酒で満足しておるのかね。いやはや、信じられんな。酒といえば君、スコッチに決まっておるだろうが。そうだな、氷坂《ひさか》？」

男は草間の肩越しに声をかけた。

「そうなんですか」

声が応じる。草間は思わず振り返った。

洋酒の瓶やグラスを並べたワゴンを前にして、男がひとり立っている。いや、それが本当に男なのかどうか、草間には自信がなかった。その声も、その姿も、男とも女とも断定できない、どこか中性的な雰囲気を持っていたからだ。

「この前、正体を無くすほど酔い潰れたとき、たしか、薩摩《さつま》の芋焼酎を飲まれていたのではありませんか、マスター？」

銅のような色に染められた髪は女性っぽいショートボブにカットされていて、顔立ちも人形のように端整なのだが、黒いベストと黒いスラックスに包まれた体のラインは、未成熟な少女か、あるいは少年のように見えた。

「いや、あれは別に、なんと言うか……」

恵美酒は少々うろたえ気味に、

「他に飲むものがなかったから……別に美味《うま》いと思って飲んでおったわけではないぞ」

「マスターにとってはどんな酒でも酔わせてくれるのが良い酒なのでしょう」

氷坂と呼ばれた人物は、そう言いながらワゴンを運んできた。そして草間に向かって言った。

「あなたも同じですね」

「……え？」

「酔うために酒を飲む。酔って自分を忘れ、自分が抱えている問題を忘れ、一時《いっとき》心の平安を得ようとする」

「おいおい、儂がそんな情けない人間だというのか」

恵美酒が抗議した。

「マスターがどんな人物か、厭《いや》というほど存知あげていますよ」

丁寧な口調ながら、どこか相手を小馬鹿にするような態度だった。

「……食えん奴だ」

恵美酒はむっとした顔のまま、草間に向き直った。

「さあ、口直しに君の話を聞かせてくれないか。さだめし肝を潰すような奇怪な話なのだろうな？」

「肝を潰すかどうかはわかりませんが……」

草間は雰囲気に呑まれたまま、言った。

「とても不思議な話です。私が子供の頃……そう、小学六年になったばかりの頃のことです……」

2

その頃私は、ある大きな都市に隣接する町に住んでいました。電車に乗れば三十分ほどで都会に出られたのですが、私が住んでいるあたりはまだ田圃《たんぼ》や畑が多くて、田舎っぽい雰囲気のあるところでした。父親は隣の都市に勤めているサラリーマンで、母親は町の製麵工場で働いていました。兄弟はなく、学校から帰ってきても家の中には誰もいなくて、私は母親が用意しておいたおやつを食べると、すぐに家を飛び出して日が暮れるまで遊んでいました。

遊び友達はふたり。どちらも同じクラスの生徒でした。ひとりは光永達志《みつながたつし》、通称はタッシ。六年生にしては背が高くて、しかも太ってました。動作はちょっと鈍《にぶ》かったし、喋るのも遅かった。タッシという綽名《あだな》も本人が自分の名前を言うときにいつも呂律《ろれつ》が回らなくて「たっし」としか聞こえないことから、そう付けられたんです。ついでにいえば頭の回転もゆっくりしてました。体が大きいくせに気が小さくて、いつも誰かに苛《いじ》められては泣きべそをかいているような子供でした。そんな奴とどうして友達だったかというと、恥ずかしい話ですが食い物に釣られたからです。タッシのおばあちゃんが孫にとことん甘くて、しょっちゅう菓子を買い与えていたんです。タッシと遊ぶと、その菓子を食べさせてもらえたのですよ。母親が用意したおやつだけじゃ足りなかったので、タッシから横流ししてもらうチョコやビスケットは、結構ありがたいものでした。だから私はタッシを苛めたりはしませんでしたよ。

もうひとりの友達は西紀《にしき》智也《ともや》といいました。みんなニッキと呼んでました。もちろん苗字からのもじりなのですが、もうひとつ、彼がいつもニッキ紙を噛んでいたというのもあります。ニッキ紙、知ってますか。肉桂《ニッキ》と砂糖の味を塗り付けた紙を駄菓子屋で売っていたんですよ。それを千切ってガムみたいに噛んで、味がなくなったら吐き捨てるんです。

ニッキは頭のいい子でした。勉強ができるのももちろんでしたが、よくニッキ紙を噛みながら本を読んでいたんです。小学生には読めないような漢字のたくさんある本も平気で読んでいましたよ。両親が本をたくさん持っていた上に、お兄さんも大変な読書家だったそうなので、読む本には事欠かなかったようです。百科事典とかも読んでいていろいろな知識を持ってましたが、一番よく読んでいたのは推理小説でしたね。

私も彼に少年探偵団のシリーズを借りて読んだことがあります。あれは面白かった。『宇宙怪人』とか『青銅の魔人』とか、今になって思い出してもわくわくするような話でした。ニッキはその手のものはとっくに卒業して横溝正史とか高木彬光とか、乱歩でも大人向けに書かれたものを読んでいましたが、怪人二十面相と少年探偵団との胸が躍る対決のことなど、一緒に熱く語り合ったものでした。

そんなふたりが少年探偵団を結成しようと考えるようになったのは、その当時の子供としては特に珍しいことではなかったと思います。たとえ本を読んでいなくても、ラジオドラマなどでも有名でしたから。

探偵団といっても特別なことをしていたわけではありません。パトロールと称して町中を歩き、怪しい人間はいないか、奇妙な事件は起きていないかと探して回っただけです。もちろん、怪人も現れなければ怪事件も起きはしませんでした。だから豆腐屋の自転車の後を追跡したり、ビー玉やメンコの隠し場所を記した地図を作ったり、自分たちだけの暗号を考えたりといった、他愛もない遊びもしていました。

当初は私たちふたりだけの探偵団でしたが、すぐにタッシも入りたいと言い出しました。私は最初、拒否しました。タッシは本を読むのが苦手で、少年探偵団のシリーズさえ一冊も読み通していなかったからです。私たちにとって聖典ともいえる本を読んでいないのに探偵団に入れられるわけがないと思ったんです。ニッキも同じ意見だったはずです。しかしタッシはどうしても仲間に入れてくれと、しつこいくらいせがんできました。自分ひとりが仲間外れになるのが厭だったんでしょうね。結局はニッキも私も彼を仲間にすることに同意しました。ただし彼の身分は見習いということにしました。正式な探偵団員はあくまで私とニッキのふたり、というわけです。それでもタッシは大喜びしましたよ。

そんなわけで私たち三人は毎日学校帰りに集まっては、探偵活動と称する遊びをしていました。

その頃よくやったのは、通りを歩いている知らないひとをひとり特定して、そのひとがどんな人間なのか推理をするという遊びでした。推理といっても根拠のあるものではなく、ほとんどが自分勝手な想像でした。例えば紙袋を抱えて歩いていた男を見て「あの鞄の中には超小型の原爆ミサイルが入っているんだ」とか、買い物帰りの女性を「じつはものすごい犯罪組織のボスで、これから銀行を襲いにいくんだ」などと目茶苦茶なことを言い合っていました。いや、正確に言えばそんなことを言っていたのは私だけでした。ニッキは私の想像を聞いた後で、ニッキ紙を嚙みながら、

「違うよ。あの男は東京で生まれた中学の先生だ。これから医者に行くんだ」

などと言うんです。言うことがあまりに具体的なので、

「どうしてわかるんだ?」

と訊くと、

「男が持ってる紙袋は東京の土産物《みやげ》の袋だった。それに中学のほうから歩いてきたじゃないか。医者に行くと思ったのは、男が何回も咳をしていたからさ」

じつにあっさりと、そう答えるのでした。私はそんなとき、ニッキの観察眼の鋭さと推理力に心底驚嘆したものです。彼はシャーロック・ホームズ式の推理法を習得していたんですよ。

「すごいなあニッキは」

タッシも感心していました。

「僕、全然そんなふうに思わなかった」

「おまえはどういうふうに思ったんだ？」

と私が尋ねると、タッシは素直に、

「ただの男のひと。袋を持って歩いてただけ」

なんて答えるので、私もニッキも大笑いしたものです。タッシは何もかもがそんな調子でした。

そんなふうに他愛もない探偵ごっこに興じていた私たち三人でしたが、ある事件をきっかけに本当なら踏み入れてはいけない世界に足を踏み込んでしまいました。そのおかげで、私たちはあのような恐ろしくも不可思議な経験をしたのですが……。

そのきっかけとなった事件というのが、私たちの町で起こった小学生の失踪事件でした。

最初に姿を消したのは隣の学区の小学校に通う三年生の女子でした。学校から帰って公園で友達と遊んだ後、夕方になって家に帰る途中で姿を消してしまったんです。近所のひとや警察が捜しましたが、次の日になっても、その次の日になっても、その子は帰ってきませんでした。

それからしばらくして、今度は別の学区の四年生の女子がいなくなりました。やはり友達と遊んで家に帰る途中で姿を消したんです。

当時は今ほどニュースの伝わりかたが速くなくて、この事件が全国規模で話題になるようなことはありませんでした。しかし私たちの町では文字どおり蜂の巣をつついたような騒ぎになりました。あちこちで様々な噂が飛び交い、大人も子供も戦々恐々となったんです。消えた子供たちは人攫《ひとさら》いに連れていかれて外国に売り飛ばされたのだという話も聞きました。当時はまだ〝人攫い〟という言葉にリアリティが感じられたんです。

子供たちを攫った犯人についても噂が流れてきました。子供が消える前後に変な風体の男が見かけられたという話です。なんでもそいつは水色の雨合羽《あまがっぱ》のようなものを着て歩いていたということでした。フードも被っていたので顔はわからないようですが、ずいぶんと大きな男だったという話です。

「水色の魔人か……」

その話を聞いたニッキは、ニッキ紙を噛みながら呟きました。

水色の魔人……うまい言いかただと思いました。その瞬間、私の脳裏に水色のマントを身につけた妖しげな人物の姿が、ありありと浮かんできました。

「面白いね、それ」

タッシは単純に喜んでいました。彼はニッキや私の言うことなら何でも喜んで聞いていたんです。

「よし、探偵団の次の任務が決まったぞ」

ニッキは言いました。

「水色の魔人を捕まえるんだ」

私は興奮しました。水色の魔人を捕まえられたら、自分たちは英雄になれると思ったんです。

「でも、どうすればいいのかな？」

タッシが訊くと、ニッキが答えました。

「決まってるだろ。町をパトロールして、水色の魔人を見つけるんだよ」

それから私たち探偵団の探索が始まりました。路地の裏や電話ボックス、空き地などを見回りし、怪しい人物がいないかどうか調べていったんです。乱歩の少年探偵団を読んでいると、同じようなシーンがときどき出てきます。こうした地味な活動が事件解決のための重要な鍵になることを、子供だった私たちもよく知っていたんです。

しかし二日経っても三日経っても、水色の魔人どころか怪しげな人物さえ見つかりませんでした。

「見つからないねえ」

早くも飽きたらしいタッシが、うんざりしたような顔で言いました。

「やっぱり、こういうのじゃ駄目なんじゃないかなあ」

「そんなことはない」

ニッキはむっとしたように言い返しました。

「奴は、きっとどこかにいるはずなんだ」

そのとき私たちは、ニッキの父親がやっている製材工場の前にいました。木を削る鉋《かんな》の音と木のいい匂いがしていました。

「おまえたち、今度は何をやってるんだ」

材木を運んでいたニッキのお兄さんが訊きました。中学を卒業してすぐに工場の仕事を手伝っていたお兄さんは、まだ二十歳前でしたが充分に大人っぽい雰囲気を持っていました。でも大人たちと違って私たちの探偵団の活動に興味を持って応援してくれていましたし、ときどき怪人に成り済まして私たちに挑戦状を送りつけてくるといった遊び心もあるひとでした。

「水色の魔人を捕まえるんだよ」

タッシが答えました。

「水色の魔人？　なんだそれ？」

「女の子を攫っている変な奴のことだってば」

「馬鹿、変な奴じゃない。魔人だろ」

私はタッシの頭を小突いてやりました。

「そうか、あの誘拐犯を見つけるつもりなのか」

ニッキのお兄さんは愉快そうに言いました。

「今度のは大物だな。捕まえられたら大手柄だ」

「もちろんさ」

ニッキは胸を張りました。

「俺たち、絶対に水色の魔人を捕まえてやるんだ」

「いいぞ少年探偵団」

お兄さんは頷きました。

「おまえたちが犯人を捕まえられたら、兄ちゃんも鼻が高いぞ」

「ほんと？　兄ちゃん、嬉しい？」

「ああ、本当だ」

お兄さんの言葉に、ニッキはまだ魔人を捕まえてもいないのに、とても嬉しそうな顔をしました。ニッキはお兄さんのことを尊敬していましたから、誉められたかったんでしょうね。

「でも気をつけてな。相手は神出鬼没の化け物みたいな奴らしいぞ」

お兄さんは言いました。

「シンシュツキボツって？」

首を傾げるタッシに、

「馬鹿だな。神出鬼没だよ。どこにでも出てくるってことだよ」

私は説明してやりました。

「そのとおり。塀や壁から突然ぬっと現れて、子供を攫って消えてしまうって話だからな」

「本当なのそれ？」

お兄さんの話に、私たち三人は驚きました。

「ああ、そういう話を聞いたぞ。消えた女の子たちは家に帰る途中、いきなり板塀から出てきた腕に引っ張られて、一緒に塀の中に呑み込まれたって話だ」

「怖いなあ」

タッシは本当に体を震わせました。

「なあ、怖いよな」

「怖いもんか」

私は強がりを言いました。でも本当は、お兄さんの話を聞いただけで逃げ出したいほど怖くなったのです。

「大丈夫さ。そんなの、ちっとも怖くない」

ニッキは言いました。

「見つけたら、ぶっ殺してやる」

私はニッキの言葉に驚きました。いつも冷静な彼がそんな物騒な言葉遣いをするとは思わなかったんです。

「いいぞ智也、いい度胸だ」

お兄さんはニッキを焚きつけるように言いました。

「だけど覚えとけよ。相手を殺そうとすれば、向こうもおまえたちを殺そうとするからな」

「そんなのやだよ」

タッシは怯えました。

「僕、死にたくないよ」

「根性なしだな、タッシは」

ニッキは笑いました。

「そんな弱虫、探偵団には要らないぞ。な？」

ニッキは私に同意を求めてきました。

「そのとおり。弱虫は追放だ」

私は強がってそう言いました。内心では私も怯えていましたが、恥ずかしくて言えませんでした。

それからまた数日、私たちはパトロールを続けました。ニッキは製材工場で貰ってきた端材の棒を携えていました。魔人に出会ったとき、その棒で打ち据えるつもりだったんです。私も武器を持っていないと心細かったので肥後守《ひごのかみ》を持っていきました。折り畳み式の小刀です。私が持っていたのは鉛筆を削るための小さなものでしたが、それでもタッシみたいに丸腰で歩き回るよりましでした。タッシは一番怖がっていたはずなのに、武器も何も持たなかったんです。やっぱり馬鹿なんだな、と思いましたよ。

何日か歩き回りましたが、やはり魔人には出会えませんでした。誘拐事件もそれ以上起こらず、犯人が捕まったという話も聞きませんでした。次第に単調なパトロールにも飽きてきました。

「もう魔人の奴、出てこないかもしれないな」

少々弱気になった私が言うと、

「そんなことない。魔人はきっと出てくる」

ニッキは確信しているように言いました。

「だから俺たちで捕まえるんだ」

ニッキがそう言うのを聞くと、やっぱりそんな気がしてきました。そして翌日、彼の言ったとおりになったのです。

いつものように学校から帰った後、探偵団の集合場所である近くの公園に行こうとしていたときです。ニッキがタッシを連れて家までやってきました。

「見つけたぞ」

ニッキは私に言いました。

「水色の魔人がいたんだ」

その言葉を聞いた瞬間、背筋に何かが駆け上がってくるような感じがしました。

「どこに？　どこにいたの？」

「名坂《なさか》神社の裏。水色のマントを着て入っていくのを見つけた。あそこが奴のアジトなんだ。早くこい。逃げられちゃうぞ」

ニッキに急かされ、私は押っ取り刀で飛び出しました。

今にも雨が降り出しそうな、重い雲に覆われた空が陰鬱《いんうつ》な日でした。私たちは大急ぎで神社の裏に向かいました。そこは崖と神社の建物に挟まれて、昼間でも薄暗く気味の悪い場所でした。突き当たりに神社の掃除道具や祭りのときに使う太鼓などを入れている物置小屋がありました。ニッキが言う「アジト」とは、その小屋のことだとわかりました。

私たちが到着したとき、あたりには誰もいなくて、とても静かでした。あそこは袋小路になっていて、入ったら抜け出すことはできません。もしも今でもそいつが物置小屋にいたら――そう思うと私は怖くなってきました。

「警察、呼んだほうがいいんじゃないかな」

私がそう言うと、

「英雄になりたくないのかよ」

ニッキが小馬鹿にしたように言いました。

「怖いんだよ、きっと」

タッシまでが尻馬に乗って私を馬鹿にしたような言いかたをするので、さすがに腹が立ちました。

「馬鹿野郎、怖いもんか」

「だったら、ひとりで見てきたら？　怖くないならできるよね？」

タッシがこんなにも私を馬鹿にしたことなんて、今までありませんでした。私は頭に血が上ってしまいました。

「行ってやるよ。俺がとっ捕まえてやる」

私は袋小路に入っていきました。道が曲がっているので、物置小屋は少し歩かないと見えません。小屋が見える場所にやってくると、今度はニッキやタッシの姿が見えなくなりました。とたんに私は自分の短気を後悔しました。物置小屋の扉は半開きの状態で、中は見えません。あの中に魔人が潜んでいるのだと考えただけで足が震えてきました。正直、逃げ出したかったです。でもニッキやタッシに馬鹿にされるのは、もっと厭でした。私は意を決して小屋に近づき、ぼろぼろの扉に手を掛け、開きました。

その瞬間です、中から水色の化け物が飛び出してきました。奴です。魔人です。そいつは両手を広げて私に襲いかかろうとしました。

私は悲鳴をあげて逃げ出しました。無我夢中で走り、ニッキやタッシのいるところに駆けていきました。

「逃げろ！　捕まるぞ！」

しかしニッキもタッシも動きませんでした。

「ニッキ！　タッシ！　早くこいよ！」

我慢できずに叫んだのですが、ふたりはただ笑っていました。

「なんだよ、弱虫だなあ」

弱虫のタッシに言われて、怖いのと腹立たしいのとで泣き出しそうになったのですが、必死に我慢しました。

「あそこにあいつがいるんだぞ！　早く逃げないと捕まっちまうぞ！」

「大丈夫だよ、俺がやっつけてやる」

そう言うとニッキは、武器の棒を持って袋小路に向かって歩き出しました。タッシも彼について いきました。

「やめろ！　危ないぞ！」

私は一生懸命叫んだのですが、ふたりは聞いてくれませんでした。私は、ついていくことができませんでした。

路地の曲がり角付近、ちょうど彼らの姿が見えなくなりそうになるところで、いきなりそれが起きました。水色の塊が突然現れたかと思うと、ふたりの間をすり抜けていったのです。

「あいつだ！」

私は叫びました。ニッキもタッシも唖然としたまま、動けなくなっていました。

水色の塊は、人間の形をしていました。それは急に立ち止まり、ふたりをしばらく見つめるようにした後、再び袋小路の中に飛び込んでいったんです。

私はやっとのことで立ち竦《すく》んでいるふたりのところまで駆けていきました。

「おい、逃げよう！　逃げようよ！」

私はニッキにそう叫んで縋《すが》り付いたんですが、ニッキは急に怒ったような顔になって、

「くそっ！　どうしてなんだよ！」

と言うと、また袋小路に向かっていきました。

「やめろ！　逃げよう！」

私が呼び止めても、言うことを聞いてはくれませんでした。それどころかタッシまでもがニッキについていってしまったのです。

「何なんだよおまえら！　死にたいのかよ！」

いくら喚《わめ》いても、聞いてはくれませんでした。私は途方に暮れてしまいました。

私もしかたなく、物置小屋を見にいくことにしました。勇気を振り絞り、いつでも逃げ出すつもりで、進みはじめました。

ニッキとタッシは小屋の前に立っていました。扉は開きっぱなしになっています。中から水色の布のようなものが見えていました。

「おい！　どうしたんだ？」

私は少し離れたところから呼びかけました。振り向いたニッキは、とても怖い顔をしていました。唇が青ざめ、棒を握りしめた手も震えていました。

「どうしたんだよニッキ!?」

訊ねても返事をしません。

「いないよ」

代わりに答えたのは、タッシでした。

「誰もいない。消えちゃった」

「……まさか……嘘だろ？」

「嘘じゃないよ。ニッキのお兄さんが言ったとおりさ。水色の魔人はシンシュツキボツなんだ」

「そんな……」

私は恐る恐る小屋に近づいていきました。

「来るな」

ニッキが言いました。

「来るなよ！」

一瞬、足が止まりました。

「ニッキ、一体どうしたって――」

そのとき、タッシが小屋の中から見えている水色のものを掴むのが見えました。次の瞬間、一気にそれを引き剝がしました。

現れたのは、人間でした。子供でした。女の子でした。へたり込んだような格好で、背後に置かれた箒の束に寄り掛かっていました。眼が半分開いて、口から舌が覗いていました。

「死んでるよ」

タッシが言いました。私は今度こそ、その場から逃げ出しました。

3

「見つかったのは私たちと同じ学校に通っている四年生の女子でした。その日、学校から出るところは目撃されていましたが、家には戻っていませんでした。

警察が調べたところ、物置小屋からはさらにふたりの遺体が見つかりました。前に行方不明になっていた他校の女子です。あの小屋が魔人のアジトになっていたのは間違いないようでした。あいつは攫った子供を殺して、あの小屋に隠していたんです。

もちろん、魔人の姿はどこにも見つかりませんでした。

私たち三人は警察から事情を訊かれました。私は見たままのことを話したんですが、信用してはもらえませんでした。どこからも逃げ道のない袋小路に飛び込んだ水色の魔人が姿を消してしまっただなんて、到底信じられることではなかったのでしょう。しかし現実にそれは起きたんです。あいつは姿を消してしまったんです」

そこまで話すと、草間は口を閉じた。喉の奥がひりひりと渇いている。

「どうやら、アルコールが切れかかっておるようだな」

恵美酒が察したように言うと、草間の眼の前に琥珀《こはく》色の液体を入れたグラスが置かれた。いつの間にか傍にきていた氷坂が差し出したものだった。草間はそれを受け取り、一気に飲み干した。

「三十年もののグレンファークラスだ。なかなかいいものだろう？」

恵美酒が言う。彼の手許にもグラスがあった。

「無駄ですよ。このひとに酒の味はわかりません」

氷坂が突き放したように言った。

「あなたと同じようにね、マスター」

「今日はやけに楯突くじゃないか。不満でもあるのか」

恵美酒が渋い顔をして言うと、氷坂は眉をわずかに動かして、

「別に。私はいつものとおりです」

と答える。恵美酒はさらに何か言いたそうにしていたが、結局肩を竦めただけだった。

「ところで草間君、その後のことだが水色の魔人とやらは結局捕まったのかね？」

「いいえ、犯人は見つからないまま、結局時効になりました。警察の捜査ミスがあったとか、いろいろと言われましたけど。でも私は、警察には絶対捕まえることができなかったんだと思います。だってあいつは……普通の人間じゃないんですから」

「なるほどな。袋小路から忽然と姿を消した魔人か。面白いではないか」

恵美酒はスコッチのグラスを傾け、満足げに微笑んだ。

「壁抜け男と言えばマルセル・エイメの小説が有名だが、あれは創作だ。しかし実際に物質が壁を通り抜けることができることは、科学的に実証されておる。量子力学におけるトンネル効果というやつだな。もしかしたらその魔人はトンネル効果を実用化して壁や塀を自由に通り抜ける力を得たのかもしれんぞ」

「トンネル効果、ですか……」

草間は呟くようにその言葉を繰り返した。今まで自分にとってただ不可思議なだけだった事

件に、恵美酒は科学的な説明をしてみせたのだ。

「草間君、君の話はなかなか興味深いぞ。儂の蒐集品に相応しい奇談だ。愉快だ。じつに愉快だ」

恵美酒は細巻きの葉巻を燻《くゆ》らし、楽しげに笑った。

「では、私の話は審査に合格したというわけですね？」

「もちろんだ。君の話はじつに……なんだ氷坂、文句があるのか」

恵美酒は眉を顰《ひそ》めた。その視線の先には氷坂が立っている。

「先程はいつもと変わらないと言いましたが、じつはそうでもないということに気がついただけです」

氷坂が言った。恵美酒は葉巻の煙に眼を細めながら、

「どういうことだ？」

「たしかに私は、不満を感じていました。それはマスター、あなたがこの方の話に真面目に聞き入っていたからです。挙げ句の果てにこれが奇談だなんて……いやはや」

「違うというのか。この御仁が嘘を吐《つ》いているとでも？」

「俺は、嘘なんか吐いてない」

草間は立ち上がった。氷坂はそんな彼を冷ややかな視線で見つめる。

「本当ですか。本当に嘘は吐いていないのですか」

「そうだ」

「ならば、あなたは嘘つきではなく、ただの愚か者ということですね」

「ど……どういうことだ！」

草間は氷坂に詰め寄ろうとした。

「俺が愚か者だと!?　何を──」

氷坂の胸倉を摑もうとした。しかし、できなかった。

氷坂の眼差しが、彼の動きを封じたのだった。

「なぜ愚か者なのか、わからないようですね」

氷坂は言った。草間は何か言い返そうとしたが、言葉にならなかった。

「あなたにはひとを見る眼がない。そして思い込みが強すぎる」

氷坂はさらに言った。

「マスター、あなたも同じですよ。トンネル効果ですって？　冗談じゃない。あれは原子レベルでの話です。人間大のものが壁を通り抜けるなんて与太話《よたばなし》が根拠になり得るわけがない」

「おまえに科学の道理を聞かされるとはな」

恵美酒はむっとしたような顔で言い返す。

「人間の世界では人間の論理を、です。この世界では不可能なんですよ」

「では、魔人が消えてしまった謎をどう説明するんだ？」

「そんなもの、謎でも何でもない。魔人とやらは消えてもいなければ、壁抜けもしていません」

そう言うと氷坂は、草間に向き直った。

「物置小屋の中に、潜んでいたんですよ」

「そんな……」

草間は首を振る。

「だって魔人はいなくなったって……ニッキとタッシが……」

「最初から説明しましょうか。あなたの友人ふたりは物置小屋に魔人が入っていくのを見たと言ってあなたを誘った。そしてあなたひとりが物置に向かうように仕向けたんです」

「……それって、まさか……」

「あなたは強がって物置の扉を開けた。多分扉の開閉に合わせて水色の雨合羽が出てくるように括《くく》り付けておいたんでしょう。あなたは水色の魔人が現れたと勘違いして肝を潰し、逃げ出したんです」

「じゃあ……ニッキとタッシが？　そんな馬鹿な！　あいつらがそんなことをするわけがない！」

「したんですよ」

水坂は冷たく言い放つ。

「魔人を見つけて捕まえてやると豪語した手前、西紀智也は退くに退けない状況に陥ってしまった。敬愛しているお兄さんに対しても、そして一番の手下であるあなたに対してもね」

「手下……」

「気づいていないのはあなただけです。西紀智也にとってあなたは無条件に自分を崇拝する下《げ》僕《ぼく》みたいなものだったのですよ。なにせあなたは思い込みが激しい。鞄の中に原爆ミサイルというような妄想を膨らませているだけのね。でも西紀智也だって、レベル的にはたいして変わらないでしょう。あなたが話してくれた遊びに、その資質が端的に表れてます。東京土産の紙袋を持っているから東京出身だとか中学のほうから歩いてきたから中学教師だとか、理屈になっていない理屈を弄《もてあそ》んで得意になっているだけの頭でっかちなエゴイストです。幸いなことにあなたという賛美者が傍にいたせいで、西紀智也はエゴを満足できていたわけです」

氷坂の言葉には容赦がなかった。

「しかしそんなあなたさえ、水色の魔人のことでは懐疑的になりつつあった。だから西紀智也はあなたを騙す芝居を打つことにしたんです。あなたよりずっと冷静で信頼できる相手、光永達志と示し合わせてね」

「タッシが!?　あいつがそんな――」

「何度も言うように、あなたにはひとを見る目がないんですよ。光永達志は袋を持って歩いている男を、ただ袋を持って歩いているだけだと断言できるリアリストです。気が小さく見えたのも、彼が現実だけをしっかり見ている証拠みたいなものです。西紀智也は少なくとも、そのことに気づけるだけの力量があったということですね」

「そんな……じゃあ、あいつらは陰で俺のことを……」

草間は頭を抱える。

「だが氷坂よ。その件がふたりの子供の仕業だったとすると、後から水色の魔人が走ってきて、また戻ったという話はどう説明する？」

恵美酒が尋ねた。

「ただの雨合羽が、そんな真似をするわけがないぞ。それにだ、物置にあった子供の遺体はどうなんだ？　あれも子供たちがやったというのか。つまり子供たちが犯人だと？」

「いいえ違います。犯人は別にいます」

氷坂は答える。

「西紀智也と光永達志がこのひとを騙す仕掛けを施して物置小屋から離れた後、その人物――犯人が遺体を物置に運び込み、水色の雨合羽を羽織って待っていたんです。そしてふたりを脅かし、もう一度物置に戻った」

「その後は、どうした？　どこに消えた？」

「だから先程言ったではありませんか。逃げても消えてもいない。物置の奥にいたんですよ」

「子供たちに見えないようにか」

「いいえ、ふたりには堂々と姿を見せていたでしょうね」

「どういうことだ？　ならばなぜ子供たちは――」

「最初に飛び出してきたとき、犯人はふたりの前に立ち止まり、見つめていた。ということは子供たちも犯人を見ていたはずです。魔人の正体も、わかったでしょう。だから西紀智也が『どうしてなんだよ』と叫んだのでしょうね。恐怖もかなぐり捨てて魔人を追ったのは、確かめたかったからでしょう。

犯人は雨合羽を遺体に被せ、自分は物置の奥に入った。やってきたふたりの子供は、開いた扉から中を見て、犯人と再び対面した。短い間にどんなやりとりがあったのかわかりませんが、ふたりは真実を知ったのでしょう。

そこへあなたがやってきた」

氷坂は草間に向かって話しはじめた。

「西紀智也はどうしていいのかわからず、混乱していたのだと思います。反応が速かったのは光永達志のほうでした。彼はあなたに向かって魔人は消えたと言い、さらにあなたを物置に近づけないために遺体を見せつけたんです」

「犯人を……庇《かば》ったのか」

「正確には魔人を庇った、いや、水色の魔人という物語を庇い、その物語の語り手である西紀智也を庇ったのでしょう。光永達志にとって多分、西紀智也はそういうことをしてでも友達であり続けてほしい存在だったのでしょうね」

「俺は……俺のことは……」

「あなたのことは、わかりません」

氷坂は冷たく言った。

「その後、警察の追及に西紀智也も光永達志も嘘を吐きとおした。よほどの覚悟があったのでしょうね。おかげで事件は迷宮入り、犯人は闇の中に消えてしまったというわけです」

「なんということだ……」

恵美酒はスコッチを一口啜《すす》り、不味《まず》そうに顔を顰《しか》めた。

「結局、子供の嘘に騙されたということか。何が奇談だ、面白くもない」

「しかたないですよ」

氷坂は素っ気なく言った。

「本当に不思議な話なんて、そう簡単に出会えるものじゃない」

「犯人は……」

草間は呟くように言った。

「犯人は、水色の魔人は、誰なんですか」

「知りません」

氷坂はあっさりと言った。

「そんなことには、興味もありません。でも草間さん、あなたには想像つきませんか。西紀智也が何としてでも守りたかった人物、危険を冒して西紀智也の前に姿を見せるような、ある意味茶目っ気のある人物、そしてあなたたち探偵団を温かく見守り、その活動を把握していたであろう人物です」

「ああ……」

草間は、思わず声を洩らした。その男の顔が、ありありと脳裏に浮かんできた。

「ニッキの、お兄さん……」

「彼らのその後を、ご存知ですか」

氷坂が尋ねる。草間は自分の発する声を、まるで他人のそれのように聞いていた。

「ニッキとタッシは、今でもあの町に住んでいる。とても、仲がいいみたいだ……そしてニッキのお兄さんは……彼は……」

男の笑顔が、眼の前にいるかのようにありありと浮かぶ。人殺しなど考えもしないように見える、温和な笑顔だ。

そして、彼の傍《かたわ》らに立つふたつの姿も。

草間の別れた妻と、娘……。

彼らに寄り添う男、それは妻の現在の夫でもあった。

「娘には、とても懐かれていると……」

絞り出すような声でそう言うと、彼は泣きはじめた。

冬薔薇《ふゆそうび》の館

1

堅牢《けんろう》そうな木製のドアは、しかし意外なくらい軽く、音もなく開いた。

勢い余って体をわずかにのめらせながら、鈴木《すずき》智子《ともこ》は店の中に入った。

金色に近い柔らかな明かりが室内を満たしている。智子は周囲を見回し、すぐにここが自分には似つかわしくない場所だと感じた。磨き上げられたカウンター、整然と並ぶスツール、棚に並んだ洋酒の瓶、ランプの光を受けて輝くグラス、そして、

「いらっしゃいませ」

寸分の隙もないほどきっちりとした服装のバーテンダー。

帰るべきだろうか、と智子は自問する。こんなところには今まで足を踏み入れたことがない。立っているだけで足が竦《すく》んでしまいそうだ。

「どうぞこちらへ」

バーテンダーが誘《いざな》った。

「はあ……」

智子はおずおずとカウンターに近付いた。せめて、もう少し見栄えのいい服を着てくるべき

だった。五年近く着込んでいるセーターは毛玉こそ削ぎ取ってはいるが、その分ところどころ擦《す》り切れかけている。スカートも後ろの布地が擦れて色が変わっていた。

バーテンダーがこちらを見ている。値踏みされているのかもしれない。そう思うだけで、顔から火が出そうだった。

「お約束の方ですね？」

バーテンダーが言った。

「え？」

「恵美酒《えびす》様にお会いになるためにいらっしゃったのではありませんか」

「え？　あ……あの、そうです、けど……」

「では、こちらです」

バーテンダーはカウンターを出て、智子を店の奥に案内した。

古めかしいドアがある。その向こうに別室があるようだ。

「お約束の方がお見えです」

バーテンダーがドアに向かって声をかけると、

――通してくれたまえ。

応じる声がした。低くて深みのある声だった。

ドアが開き、智子はおどおどしながら中に入った。思ったより広い部屋だった。壁には本棚が据えつけられていて、古そうな本が並べられている。どうやら外国の本らしい。テレビで観たアメリカの映画に、こんな書斎が出てきたことを思い出した。天井の高さまで作られた本棚に、ぎっしりと詰め込まれた本たち。映画の内容はすっかり忘れてしまったが、その印象は今でも覚えている。羨ましいと思ったのだ。自分もそんな本が豊富にある生活をしてみたかった。若い頃は、これでも結構な読書家だった。小説や詩の本をいつも携《たずさ》えて、空いている時間があれば読んでいた。いつかは自分でも本を書いてみたいとも思っていた。

家の都合で大学進学を諦めた頃から、そんな夢も遠ざかっていった。就職先の課長から勧められた見合いで結婚した夫は本を読まないことを自慢にしているような人間で、妻が本を読むことも嫌っていた。だから智子は本を手に取らなくなった。ここ数年で開いた本といえば、料理の本か美容院で読む雑誌くらいのものだった。

しかしこの部屋の膨大《ぼうだい》な蔵書は、智子にかつての自分を思い出させた。そうだ、世の中には本というものがあったのだ。

「ようこそ、お出《いで》なされた」

不意の声に、智子は飛び上がりそうになった。本棚の前に置かれた革のソファに男性がひとり座っていることに、そのとき初めて気がついた。

「あ、あの、どうも、このたびは……」

何を言っていいのかわからず、智子は口籠《くちご》もりながら頭を下げた。そして、あらためてソファに座る人物を見た。

かなり貫禄《かんろく》のある人物だった。年齢はよくわからない。ずいぶんと老けているようにも見えるが、肌の艶はいいようだ。髪の毛は鳥の巣のようにもじゃもじゃと絡み合い、収拾がつかなくなっている。酒焼けしたように赤く大きな鼻の上に丸縁の眼鏡をのせ、鼻の下には変装道具のようなちょび髭がある。

「儂《わし》の顔に、何か付いとるかね?」

「え? いえ……」

相手の顔をまじまじと見つめていたことに気づいて、智子はどぎまぎした。

「こちらにおかけなさい」

男に勧められ、おずおずと向かい側のソファに腰掛けた。

煙草らしきものが男の指の間に挟まっているのが見える。その先から立ち上る煙は、揺らめきながら空気に溶け込んでいた。部屋の中に漂っている匂いの元は、それなのだろう。夫がいつも吸っている煙草の匂いとは少し違うようだ。

男は煙草を口に銜《くわ》え、一口吸ってから言った。

「あんたが鈴木智子さんかね?」

「……はい」

「ここに来た目的は?」

「え?」

「どうしてここに来たのかと訊いておるのだよ」

「それは……その……お話を――」

「そのとおり」

男は智子の言葉を断ち切るように言った。

「話だ。それもとっておきの奇談だ。儂はそれを求めておる。この世のものとも思えない、血も凍るような恐ろしい話。世の常識を引っくり返してしまうような、信じられないほど滑稽《こっけい》な話。一度聞いたら二度と忘れられんような、突飛《とっぴ》な話。あんたは、そういう話を知っておるのだな？」

「……ええ……あ、その、そんなに不思議な話かどうかは……」

「なんだ、その程度の話なのか」

男はあからさまに失望したような顔付きになった。

「おい、どういうことだ？　奇談を楽しみにしておったのに、ただの世間話に付き合わせる気か。きちんと審査してくれなければ困るぞ」

男の言葉は、智子に向けられたものではなかった。

「審査はしましたよ」

その声に聞き覚えがあった。新聞に載っていた【求む奇談】という広告を眼にして記載されていた番号に電話したとき、応対に出た相手の声だった。

「だからここまでお越し願ったのです」

酒の瓶やグラスを載せたワゴンを押しながらやってきたのは、若い男だった。

いや、本当に男かどうかわからない。声も姿形もどこか中性的なのだ。ショートボブの髪を鮮やかすぎるほどの赤銅色《カッパー》に染めている。唇にはローズピンクの紅を差し、耳朶《じだ》にはアクアマリンのような色のピアスが光っていた。

「おまえの眼鏡には適ったということだな、氷坂《ひさか》」

男は疑わしそうな表情で言った。

「しかしおまえの審査を通った連中の話で、これはと膝を打つような奇談に出会ったことがないぞ」

「私はただ、可能性があるかどうかという水準で審査しているだけです。本物かどうかは、この場で判断します」

「まるでおまえが審査員のようだな」

男は面白くなさそうに鼻を鳴らした。

「鈴木さん、とりあえず話を……ああ、その前に自己紹介を忘れておったな。儂は、こういう者だ」

男は上着の内ポケットから名刺を取り出し、智子の前に差し出した。

【奇談蒐集家　恵美酒　一】

表にはこれだけしか記されていない。裏返すと「Hajime Ebisu」とある。これが名前の読み方なのだろう。

名刺から顔を上げると、恵美酒は氷坂からグラスを受け取っていた。

「あんたも飲むかね？　スプリングバンクの三十五年ものだ。これなら女性にも飲みやすかろう」

「あ、いえ、お酒は飲めないものですから……」

智子が断ると、恵美酒はあからさまにつまらなそうな顔になり、

「酒が飲めんとは、人生の楽しみを半分捨てたようなものだな。このような美酒を口にできんとは」

口許にグラスを持っていき、琥珀《こはく》色の液体を喉に流し込む。とたんに恵美酒の相好が崩れた。

「いや、甘露甘露。本当にあんた、飲まんのかね？」

「はい、すみません」

智子は頭を下げた。就職していた頃、会社の宴会で上司に酒を勧められ、そのたびにぺこぺこと頭を下げて辞退していたことを思い出す。アルコール類は本当に駄目なのだ。粕漬けを食べただけで顔が赤くなってしまう。しかし酒飲みというのはなぜかアルコールに弱い人間がいるということが理解できないようで、しかも勧めた酒を断られると自分のプライドを傷つけられたと感じてしまうようだった。そのときの気まずい雰囲気を思い出して、居たたまれない気持ちに苛まれる。やはり、こんなところに来るべきではなかった。

そのとき、智子の前にグラスが置かれた。薄い金色の液体に氷が浮かべられている。

「ジンジャーエールです。アルコールは入っていませんよ」

耳許で言った。

「あ……ありがとうございます」

自分の頬が熱くなるのを感じた。最初に電話をかけたとき、募集広告にあった「自分が体験した不可思議な出来事を話してくれた方に高額報酬進呈」の「高額」とは具体的にいくらなのかと、図々《ずうずう》しくも尋ねたことを思い出してしまったのだ。夫の収入でなんとか家計を遣り繰りしているものの、小学四年生の息子の進学のことを考えると少しでも蓄えをしておきたい。やはりパートに出て働くべきだろうかと考えていた矢先に出会った広告だった。

うろたえながら智子はグラスに口をつけた。自家製のものなのか、市販されているものよりジンジャーの香りと辛味が強い。それが彼女の強張《こわば》った神経を解きほぐしてくれた。

「さあ、話してくれんか」

グラスの酒を一気に呷《あお》ってから、恵美酒が言った。

「あ、はい」

智子はグラスを置き、居住まいを正した。

「ずいぶん昔の話になってしまいますが、いいでしょうか。わたしが高校生だった頃のことですけど」

「かまわんよ。それがあんた自身が本当に体験した奇談であるならばな」

恵美酒は煙草を銜えたままで言った。

「能書きはいい。さあ、話してくれ」

「……はい」

智子はジンジャーエールで唇を湿らし、話しはじめた。

2

わたしの故郷は小さな地方都市です。一応県庁所在地にはなっていますけど、これといって産業もなく、取り立てて自慢にできるようなものもありません。そんな町にわたしは高校を卒業するまでいました。

わたし自身もその町と同様、これといって特技もなく自慢できるものもない、目立たない人間でした。それは今でもそうなんですけど……。

高校も普通科で、特に得意な科目もなく、仲良しの友達も憧れる異性もいなくて、その日その日を暮らしていました。こうして自分は何の取り柄もないまま社会に出て、縁があったら誰かと結婚して、ごく普通の家庭を持つことになるんだろうな、なんてぼんやりと考えていました。今になって考えると、その予想は当たっていましたけど。

ただ、高校二年の冬、あの数日間のことだけは、思い返してみても本当にあったことなのか、本当に自分の身に起きたことなのか、わからなくなってしまいます。でもあの日、わたしはたしかにあの薔薇《ばら》園におりました。そして、あの薫りに身を浸したのです。

きっかけは、ちょっとした気まぐれでした。

いつも通学に使っているバスでの帰り、不意に途中で降りてみたくなったのです。どうしてそんな気持ちになったのか、今ではもう思い出せません。たぶん、家に帰るのが少し厭《いや》になっていたのだと思います。

S——というバス停で降りたのは初めてのことでした。周囲はどことといって特徴のなさそうな住宅街です。

二月の初め、まだまだ寒い日でした。歩道の北側には前の週に降った雪が融け残っていました。わたしはマフラーで顎《あご》のあたりまで覆い、歩き出しました。

あまり歩かないうちに、ここに来たことを後悔しはじめていました。本当に何の変哲もない町だったんです。似たような形の古びた家が並んでいるだけ。変わったお店もなく、眼につくような公園もありません。バスを降りたときの少しだけうきうきとした気分は、すぐに寒さにかじかんでしまいました。

戻ろうと思って踵《きびす》を返しました。でも気の向くままに歩いてきたせいで、やってきた道がわからなくなってしまいました。わたしはまた、闇雲に歩くことになりました。生憎《あいにく》と人の姿はなく、バス停までの道を訊くこともできませんでした。

自分の短慮を恨みながら四つ角を曲がったときです。それまでの単調な町並みが一瞬で変わってしまいました。

そこに見えたのは、黒い鉄でできた槍の列でした。尖った矢尻を大に向け、整然と並んでいます。その壮観さにわたしは息を呑みました。それが鉄柵であることはすぐにわかったのですけど、最初の鮮烈な印象はなかなか消えませんでした。

最初は公園なのかと思いました。でも鉄柵に沿って歩いてみると、柵の向こうにあるのが家であることがわかりました。家、といってもまわりにある建売住宅とは比較にならない大きなものでしたけど。

きれいに手入れされた前庭を持つその建物は、くすんだ白壁に茶褐色の屋根、ドアや窓枠は深緑色、ヨーロッパのどこかに建っていそうな、厳《いか》めしい雰囲気の洋館でした。

わたしはその館をずっと見つめていました。思い出したのです。子供の頃、あんな館に住んでみたいと思っていたことを。絵本で見た大きなお屋敷に憧れていたことを。

鉄柵沿いに歩きながら、わたしはその館から眼を離せなくなっていました。角を曲がり、館の正面に立ったとき、そこにはやはり鉄で作られた門がありました。蔦《つた》の絡まる飾り格子に、薄絹を着た女たちが舞い踊っている姿がレリーフされていたと思います。門の向こうにはきれいに刈り込まれた高い木が並んでいました。門扉の表札には「東寺」と彫られた青銅の表札が掛かっていました。

わたしはその門をそっと押してみました。当たり前のことですけど、門は開きませんでした。

「……やっぱり無理よね」

そう呟いたとき、

「中に入りたいのですか」

不意に声がしました。わたしはびっくりして後退りました。

「逃げなくてもいいですよ」

刈り込まれた木の陰から、男のひとが姿を見せました。背の高い、ほっそりとしたひとでした。仕立ての良さそうな灰色のスーツを着ていました。革靴はぴかぴかに光っていて、ネクタイは臙脂《えんじ》色。今でもその姿をありありと思い浮かべることができます。目鼻立ちの整った、まるで西洋人みたいな顔のひとでした。

「このあたりにお住まいの方ですか」

男のひとが問いかけてきました。わたしは黙って首を振るのが精一杯でした。

錠の外れる音がして門が開きました。

「いらっしゃい。案内してあげましょう」

わたしは迷いました。本当に入っていいのかどうか。なんだかその中は、わたしが踏み入ってはいけない場所のような気がしたのです。

迷っている私の前に、一輪の花が差し出されました。薔薇の花でした。淡いピンクの花びらが瑞々しい、とてもいい香りのする薔薇でした。

「屋敷の庭に咲いている薔薇です」

「こんなに寒い時期に……薔薇が？」

わたしが驚くと、

「手入れ次第で冬にも咲かせることができるのですよ。冬薔薇というやつです。ちょうど今、その薔薇の手入れをしているところでした」

「あなたが、薔薇の手入れを？」

「薔薇は私の心です。手入れは怠りません」

そう言うと男のひとは微笑みながら、わたしに薔薇を手渡しました。

「見せてあげますよ、私の心を」

誘われるまま、わたしは門の中に足を踏み入れました。

刈り込まれた木立の向こうに、あの館がありました。近くで見ると、その大きさがよくわかりました。まるでお城のようだと思いました。

男のひとは館を回り込んで、反対側にわたしを連れていきました。中に入れてもらえるかもと思っていたわたしは、少しだけがっかりしました。でも館の裏側を見て、そんな気持ちは一気に吹き飛んでしまいました。

そこは、館の前側と同じくらいの広さの庭でした。その裏庭一面に薔薇の花が咲き競っていたのです。

赤い薔薇、白い薔薇、黄色い薔薇、わたしが手渡されたピンクの薔薇もあります。どれも今が盛りと咲いていました。

「さあ」

男のひとがわたしに腕を差し出しました。少し恥ずかしかったけど、雰囲気に後押しされました。わたしは学校鞄をその場に置くと、彼の腕に自分の腕を絡ませました。

薔薇の間を歩きながら、男のひとが名前を教えてくれました。エルモサ、サフラノ、ブルー・バユー……他にもいっぱいありましたけど、覚えきれませんでした。でもどの薔薇にも美しい名前が付けられているのだと、そのとき初めて知りました。

冬の冷たい空気の中で、薔薇も凜とした美しさを競っていました。その香りはこの季節にこそ似合っているような気がしました。そして隣にいる男のひとも。

わたしはいつしか薔薇ではなく、彼の横顔を見ていました。女性のように白く艶やかな肌、形のいい鼻、澄んだ瞳……この薔薇園や館に相応《ふさわ》しいひとだと思いました。

彼はわたしを連れて薔薇園の中を何度も何度も往復しました。ファッションショーのようだと思いました。だったら自分も、もっといい服を着ていたかった。彼に似つかわしい服を着て、一緒に歩きたかった。

彼は時折、館のほうに眼をやりました。窺うような眼付きでした。

「あの……ヒガシデラ、さん？」

わたしは問いかけてみました。

「誰かいるんですか」

「いいえ、誰もいませんよ」

彼は微笑んで、わたしの腕を軽く叩きました。

「それより、どうして私をヒガシデラと？」

「あ、ごめんなさい。表札を見て……」

「そうですか。ではあらためて自己紹介します。私が東寺光清《とうじみつきよ》です」

私は顔が真っ赤になりました。苗字を読み間違えていたなんて。

「気にしないで。私も間違えたことがありますから。それで、あなたのお名前は？」

「雛倉智子《ひなくら》、です」

私は答えました。言い忘れましたけど、結婚前の姓が雛倉なのです。

「雛倉……良い名前ですね」

光清さんが褒めてくれました。それから私たちはまた何度も庭を往復しました。彼はまた薔薇の名前を教えてくれました。エルモサ、サフラノ、ブルー・パユー……。空気は冷たくて足はかじかみそうでしたけど、彼と一緒に歩いているだけで楽しくて、夢のようで、ずっとそうしていたいと思いました。

気がつくと陽がずいぶんと傾いていました。さすがにそろそろ帰らなければと思いました。

わたしがそう言うと、光清さんは残念そうな顔をして、

「このまま一緒にいるわけにはいかないのですか」

と言いました。

「とんでもない」

わたしは思わず言ってしまいました。そしてすぐに、

「厭なわけではないんです。ただ、家に帰らないと親が心配するので……」

と言い訳しました。

「しかたがないですね。ではまた来てくれませんか。あなたともっと庭を歩きたいのです」

「いいんですか」

「もちろん、薔薇たちもあなたを待っていますから」

そのとき風にそよいだ薔薇の花が一斉に揺れました。花に心が宿っているような気がして、怖いような、わくわくするような、不思議な気持ちになりました。

「ひとつだけ、約束してください」

光清さんが言いました。

「この屋敷と、この薔薇園のこと、そして私のことは、誰にも言わないでください」

どうして秘密にしなければならないのかわかりません。でもそのときは、そうすることが正しいような気がしました。ここは秘密の場所なのです。そしてこの館も、光清さんも、わたしだけの秘密にしておきたいと思ったのです。

「はい、わかりました」

わたしは約束すると、後ろ髪を引かれるような思いで薔薇園を後にしました。光清さんは薔薇の中に佇《たたず》んだまま、わたしを見送ってくれました。

館を回り込み、門の近くまできたときです。木の枝を大きな鋏《はさみ》で切っているひとに出会いました。灰色の作業服の上に紺色のジャンパーを着て、汚れた軍手を手に嵌《は》めていました。そのひとはわたしに気づいていないかのように、熱心に枝を剪定《せんてい》していました。

その脇を通りすぎようとしたとき、

「あんた、このあたりの人間じゃないな」

突然の呼びかけに振り向くと、そのひとがわたしを見つめていました。冬だというのにずいぶんと日焼けしたような浅黒い顔をしていました。頬骨が瘤《こぶ》のように飛び出ていました。短く刈った髪と無精髭には白いものが混じっていました。そして眼が……とても怖い眼付きをしていたのです。まるでわたしの体の中の中まで見透かそうとしているような、そんな眼付きでした。わたしは逃げ出したくなりましたけど、動けませんでした。

「その制服、A高のものだな？　学生か」

「あの……はい……」

「どうして屋敷に入ってきた？」

「それは……その、光清さんに……」

「光清？　ふん……」

そのひとの顔に、あからさまな嘲《あざけ》りの笑みが浮かびました。わたしは少し腹立たしく思いました。どうして使用人が主人のことを呼び捨てにして、しかも嗤《わら》っているのだろうと。でも、何も言い返せませんでした。

「親はいるのか」

訊かれたことの意味が、よくわかりませんでした。

「親はいるのか。父親は？　母親は？」

もう一度訊かれました。

「父親は……いません」

「死んだのか。別れたのか」

「死にました。三年前」

どうしてこんなことを訊くのだろう。どうしてこんな質問に答えているのだろう。訝しく思いながら、でもわたしは真面目に答えていました。たぶん、そのひとの横柄な物言いに怯《おび》えてしまって、質問を撥ね除けることも無視して出ていくこともできなくなっていたのだと思います。

「兄弟は？」

「いません」

「おふくろさんと、ふたり暮らしか」

「はい」

「おふくろさんのことは、好きか」

「…………」

「嫌いなんだな」

「そんなこと……」

「じゃあ、なぜ答えない？　道草してこんなところまで来たのは、家に戻っておふくろさんと顔を合わせるのが厭だからだろう？」

わたしは答えられませんでした。違う、とは言えなかったからです。

そのひとは、頬を歪めて笑いました。厭な笑い顔でした。

「ここは好きか。この屋敷に住んでみたいか」

「……え?」

「おふくろさんを捨てて、この屋敷で暮らす気はあるかと訊いてるんだ。もしその気があるなら」

そのひとは裏庭のほうに顎をしゃくりました。

「光清様にそう言えばいい。ここで暮らしたいと言えばいい」

「そんな……そんなに簡単に――」

「自分の運命を決めるなんて、簡単なことだ。光清様も、自分で自分の運命を決めたんだ」

「光清さんが……」

「また、くるといい。光清様も歓迎してくださるだろう。そして」

そのひとは、嘲笑するように言いました。

「自分の運命を、決めるといい」

館を出てからも、あのひとの言葉と光清さんの姿が頭から離れませんでした。

家に戻ると、母親が遅くなったことを詰《なじ》りました。どこに行っていたのかと問い詰めてきました。でもわたしは、何も答えませんでした。あの無精髭のひとが見抜いたとおり、その頃のわたしは母親との仲が悪くなっていました。理由は、いろいろです。正直その頃はずっと、家を出て母親から離れたいとそればかり思っていました。

——このまま一緒にいるわけにはいかないのですか。

——ここで暮らしたいと言えばいい。

母親の叱る言葉を聞き流しながら、わたしの頭の中は光清さんのことばかりになっていました。


その翌日の学校帰りにも、わたしは館に行きました。

光清さんは微笑みながらわたしを招き入れてくれました。ふたりで一緒に薔薇園を歩きました。その次の日も、その次の日も。

五回目に館を訪れたとき、光清さんは初めてわたしを館の中に入れてくれました。とても素敵なところでした。博物館のように広くて、絵や彫刻が飾られている部屋がいくつもありました。想像していたとおり、本で読んだ西洋のお城のようでした。

部屋のひとつに入ったとき、わたしは一瞬息が止まりそうになりました。きれいなドレスを着た女のひとが立っていたからです。でもそれは、見間違いでした。ドレスを身に纏《まと》っているのは人間ではなく首のないトルソーだったのです。

「この服は、あなたのために用意しました」

光清さんが言いました。

「さあ、着てみせてください」

「わたしが、ですか……」

驚いているわたしに、

「着替えたら、出てきてください」

そう言うと、光清さんはわたしをおいて部屋を出ていってしまいました。

わたしは茫然としたままドレスを見つめました。生地は淡いピンク、光清さんがわたしに手渡してくれた薔薇と同じ色でした。胸元も袖も裾も優雅なラインのドレープで飾られていて、まるでシンデレラがパーティで着ていたようなドレスでした。

わたしは困ってしまいました。こんなドレス、今までに着たことがなかったからです。でもせっかく用意してくれたのだから、とか、光清さんを失望させたくないし、とか、自分の中であれこれと言い訳をしてから、ドレスに着替えました。本当はそういう服装をしてみたかったのです。

驚いたことに、ドレスのサイズはわたしにぴったりでした。一緒に置いてあったピンクの靴も、わたしの足にしっくりと馴染みました。

ドレスに着替えて部屋を出ると、光清さんはエントランスで待っていてくれました。

「素敵だ」

そう言って微笑んでくれました。

わたしたちは薔薇園に出ました。光清さんはわたしの手を取り、薔薇の中を歩きながら薔薇の名前を教えてくれました。エルモサ、サフラノ、ブルー・バユー……ごめんなさい、覚えている名前がこれだけなのです。

わたしは幸せでした。薄地のドレスで寒い中を歩きつづけて体はすっかり冷えきってしまいましたけど、それでも幸せでした。このままずっと、そうしていたいと思いました。

気がつくと、作業服を着て無精髭を生やしたあの男が、わたしたちを見ていました。なんだか、とてもうっとりとしているような眼付きで、わたしと光清さんを見ていたのです。

それに気づいた瞬間、わたしは何とも言えない嫌悪感を覚えました。わたしは光清さんの腕にしがみつきました。

「どうしました？」

「あのひとが……ずっとわたしたちを見てるんです」

「知っていますよ。気にしなくていいです。あの男は、見ていることしかできないのですから」

そう言うと、光清さんは男に蔑《さげす》むような視線を向けました。男はその視線を受けて、こそこそと姿を消しました。

「あなたと、ずっと一緒にいたい」

不意に、光清さんは言いました。

「ここで、暮らしてくれませんか。薔薇たちも、あなたを求めています」

「薔薇が……」

わたしは男のことを忘れ、咲き誇る薔薇の花を見渡しました。ここで光清さんと薔薇に囲まれながら暮らす。そんな夢のような話が本当になるのだろうか。もしもそうなら……。

わたしは頷きました。光清さんはとても喜んでくれました。

「では早速あなたの部屋を用意しましょう。今夜から暮らせるようにします」

「いえ、その、それはちょっと……」

さすがにわたしは躊躇《ためら》いました。

「やっぱり一度、家に帰らないと」

「帰ってどうするのです？　お母さんにこの屋敷で暮らすと言うつもりですか。それは約束に反しますよ」

「違います。そんなことは言いません。ただ、わたしも準備をしたいし……すぐ、戻ってきますから」

「本当ですね？」

「はい」

わたしは館に戻って着替えると、門を出ようとしました。しかし門には鍵が掛かっていて開きませんでした。

「どうして……？」

光清さんを呼ぼうとしました。そのとき、あの男が姿を現したのです。

「鍵は開けてやる」

男は言いました。

「そのかわり、必ず戻ってくるんだ。いつ、戻れる？」

「……用意をしたら、すぐに」

「今日のうちだな。約束したぞ」

男は門を開けてくれました。

わたしは急いで家に戻りました。いつもより早めに帰りましたが、そろそろ母親が仕事から戻ってくる時刻でした。母親と顔を合わせる前に荷物をまとめて家を出たいと思いました。身の回りのものをバッグに詰め込んでいたときです。電話が鳴りました。放っておきたかったのですけど、電話はしつこく鳴りつづけました。しかたなく受話器を取りました。でも相手の話を聞いて、血の気が失せました。

電話してきたのは警察でした。母親が帰宅の途中、車に轢《ひ》かれて病院に担《かつ》ぎ込まれたということでした。

電話の後、自分が何をしていたのかはっきりとは覚えていません。気がつくと母親が入院した病院にいて、緊急処置室に入れられた母親を待っていました。三時間後に担当の医師が説明してくれました。手足や肋骨《ろっこつ》に計七ヶ所の骨折、肝臓の損傷、頭を打っているせいで、いまだに意識が回復していないとのことでした。

そのままわたしは病院で夜を明かしました。母親が意識を回復して一般病棟に移されたのは、翌日の午後でした。でもまだ予断を許さない状態が続きました。わたしは病院から離れられませんでした。わたしの代わりに母親に付き添う人間がいなかったからです。

結局、病院には四日間いました。五日目の午後になってやっと家に戻り、途中で放り出していたバッグを眼にしたとき、わたしは取り返しのつかないことをしてしまったことに気づきました。でも、すぐに館に行くことはできませんでした。

母親の容体が安定して退院も間近になったある日――事故から半月が経っていました――わたしは意を決して館に向かいました。

館は同じように、そこにありました。少し暖かくなってきていて、門の外から見える前庭にも、緑が色づいているようでした。

「何をしにきた」

木の陰から現れたのは、作業着の男でした。

「今更、何をしにきた?」

「あの、わたし……光清さんに」

「もう遅い。あんたは約束を破った。もう遅い」

「お願いです。光清さんに会わせてください」

「会ってどうする?」

「……一言、謝りたくて。わたし、本当はここにくるつもりだったんです。でも――」

「言い訳は要らん。どうしても会いたいというなら」

男のひとは門の鍵を開けてくれました。

「ついてこい」

連れていかれたのは、あの薔薇園でした。わたしが歩いたときと同じように、薔薇は咲きつづけていました。

その中を、光清さんが歩いていました。

声をかけたかった。でも、できませんでした。光清さんの傍《かたわ》らには、知らない女のひとがいたのです。

とてもきれいなひとでした。長い髪が背中まであって、眼がぱっちりとしていて肌が白くて……そしてドレスを着ていました。わたしが着せられたのと同じような、淡いピンクのドレスです。

ふたりは寄り添って歩いていました。とても幸せそうでした。

「あんたは、機会を逃したんだ」

作業着の男のひとは無精髭を撫でながら言いました。

「あそこにいるのは、あんただったかもしれん。だが、あんたは来なかった」

「あの……あのひとは？」

「代わりになれる者は、いくらでもいる。この館で暮らしたいという者は、いくらでも見つかるんだ。見ろ、あの姿。薔薇も人間も、気が遠くなるほど美しい。そうは思わんか」

男のひとは、陶然《とうぜん》とした口調で言いました。そのとおりでした。光清さんと女のひとと薔薇の花は、絵のように美しかった。

「いずれ、すべてはひとつになる」

男のひとは泣き出しそうな声で言いました。

「ふたりとも、薔薇の下僕《げぼく》だ。薔薇に傅《かしず》き、薔薇に身を投げ出し、自らも薔薇となる」

「薔薇と……」

「あんたは、薔薇となる機会を逃したんだ。もう遅い」

わたしは返す言葉もなく、その場を立ち去りました。

あのひとの言うとおりでした。わたしは、唯一の機会を逃してしまったのです。

3

「幸か不幸か、看病をしている間に母親との仲は修復していきました。母親は半年ほどで退院しましたが、右足に事故の後遺症が残ってしまいました。わたしは大学進学を諦め、高校を出るとすぐに勤めに出ました。二十四で結婚し、子供もひとりできました。今ではごく普通の、どこにでもいる主婦です。

でも、もしもあのとき母親が事故に遭わず、わたしが約束どおりに館に行っていたら。光清さんと一緒に暮らしていたら、今頃はどうなっていただろうかと想像することがあります。きっと、今とは全然違った人生になっていただろうな、と……」

智子は言葉を切り、恵美酒を見た。

「それで、終わりかね?」

何杯目かのスコッチを嘗《な》めながら、恵美酒が訊いてきた。

「え？　あ、はい、そうですけど……」

「なんてことだ」

恵美酒はうんざりといった顔で首を振った。

「こんなもの、奇談でも何でもない。ただの恋物語ではないか」

「でも……」

智子は反論しようとした。自分の人生にとって、これ以上不可思議な話はないのだ。明確に人生を分けたあの数日のことほど奇妙な話は。

「ご母堂の看病を終えて館に行ってみたら、そこには館の影も形もなかったとか、そういう話なら満足しないでもない。近所の誰もそのあたりに館などなかったと証言したとか、な。そういう話ではないのかね？」

「いいえ……あの館は、今でもあの町にあると思いますけど……」

「行ったのか」

「五年前に。わたしの結婚後、独り暮らしをしていた母が死んで、葬式をするために戻ったときです。葬儀を終えて納骨も済ませ、家に帰る前に、ふと思いついて行ってみました。館は前より古びていましたけど、あの頃のままそこにありました」

「なんだ、つまらん。で、光清とかいう男もおったのか。歳を取って腹の出っ張った中年になっておったんだろうな」

恵美酒は渋面《じゅうめん》のままグラスの酒を飲み干す。

「……いいえ、あのひとは、光清さんはいませんでした」

智子は言った。

「いたのは、全然別のひとでした」

「館を売って主《あるじ》が変わったのか」

「そうではないと思います。表札は『東寺』のままでしたから。あの作業着に無精髭の使用人もいましたし。でも館の主だけが……別のひとでした」

「それはどういうことだ？」

恵美酒の眉が上がる。

「館の隣に立っていた家が取り壊されて、裏庭の薔薇園が外からも見えるようになっていたんです。わたし、そこから庭を見てみました。あの頃と同じように、真冬でも薔薇が咲いていました。その薔薇の中を、一組の男女が歩いていました。あのときと同じ古風な服を着て、腕を組んで歩いていました。どちらもとてもきれいなひとでした。でも、光清さんではありませんでした。一緒に歩いている女性も、あのとき見た女のひとではありませんでした。どちらもまだ若く、とても幸せそうでした」

「もしかして光清という男の子供ではないのか」

「いえ、ふたりとも二十歳過ぎに見えました。あの後で光清さんに子供ができたとしても、せいぜい十二歳にしかなりません」

「ふむ……それは面白い」

恵美酒の口許が緩んだ。

「もしかしたら、光清という男は人間ではなかったのかもしれんな」

「人間ではなかったって……では……」

「幽霊だ。館に取り憑いた霊なのだよ」

「そんな……あのひとが幽霊だなんて」

「日本の幽霊と違って西洋のものは足もあるし触ることもできるそうだからな。西洋館にはそういう幽霊がいてもおかしくあるまい。しかも一体だけではないようだ。五年前にあんたが見たというのも、同じく幽霊だろうて。なあ氷坂、そう思わんか」

恵美酒が空のグラスを振り回した。

智子は膝ががくがくと震えるような感覚に囚われた。

「光清さんが、幽霊……」

と、それまでずっと部屋の隅に控えていた氷坂がボトルを持ってやってきた。恵美酒のグラスにスコッチを注ぎ、おもむろに言った。

「マスターの意見には、賛成しかねますね」

あっさりとした口調だった。恵美酒は不機嫌そうに唇を歪める。

「なぜだ？　理由を言ってみろ。根拠はあるのか」

「根拠なんて必要ありません。マスターが彼らのことを幽霊だと断定する根拠こそ怪しいのですから。どこにそんな証拠があるというんです？」

「だが館の主が変わっていないはずなのに全然別人になっているというのは、おかしな話だろうが」

「たしかにね」

氷坂は恵美酒の言葉を一度肯定してから、

「でもそれは、勘違いしているんですよ」

「勘違い？　どういうことだ？」

恵美酒の問いに答えるかわりに、氷坂は智子に訊いた。

「五年前に館に行ったときも、無精髭の男を見たんですね？　本当に同じ人物でしたか」

「はい、間違いありません」

「何をしていました？」

「あのときと同じように……薔薇園の男女を見ていました」

「なるほど、やはりね」

氷坂は頷く。

「どういうことだ？　はっきり言わんか」

恵美酒が苛立たしげに尋ねると、

「わかりませんか。主が変わらないまま、使用人が変わっただけのことなんですよ」

「使用人？　しかしそいつは今でも館におったと——」

「ずっといるのは館の主。変わったのは使用人。何度言ったらわかるんです？」

氷坂は哀れむような口調で言った。

「まさか……」

呟いたのは、智子だった。

「まさか、あの男が館の主？」

「そう、そしてあなたが会った『光清』は、彼に雇われた人間です」

「そんな……」

「あなたは、あの屋敷を訪れた一番最初の日、そのことに気づくこともできたんですよ」

「どういう、ことでしょう？」

「光清はあなたに薔薇の手入れをしていたと言った。だが薔薇の手入れをするというのに、仕立ての良さそうなスーツとかぴかぴかの革靴とかネクタイとか、そんな格好をしているわけがない。大嘘です」

「あ……」

言われてみると、そうかもしれない、と智子は思った。

「それに、あなたが『ひがしでら』と苗字を読み間違えたとき、光清は『私も間違えたことがありますから』と言っている。これも彼が東寺ではないことの傍証《ぼうしょう》となるでしょう」

「しかし光清という男は館の主のように振る舞っていたのだろう？　なぜ本物の主はやめさせなかった？」

「それが主の指示だからですよ。館の主であるかのように振る舞えとね」

「なぜそんなことをさせた？」

「薔薇の手入れをしていたのは主自身でした。彼は薔薇園や館に相応しい、見栄えのする人間を必要としたんでしょう。点景としてね」

「添え物ということか」

「そうです。あなたも、その添え物に選ばれたんですよ」

氷坂に言われ、智子はなぜか背筋に震えを感じた。

「わたしが……でもわたしなんて、あの館に相応しいような人間では……」

「あなたの自己評価はどうであれ、館の主はあなたに合格点を与えたんです。だから何日も通わせ、あなたにぴったりのドレスまで用意した。それだけじゃない。あなたの家族構成を聞き出し、あなたが消えてもそれほど問題にならないということも確認している」

「しかしなあ氷坂」

恵美酒は納得できないといった顔付きで、

「館の添え物をしてもらうためなら、事情を話して雇えばいいではないか。別に失踪させなくてもいいだろうが」

「そう、ただ雇うだけならね」

氷坂は口許だけで笑みを作った。そして智子に言った。

「お母さんが事故に遭ったという報せを受けた後、あなたは何がなんだかわからなくなって、結果的に光清との約束を破ってしまった。そう言いましたね?」

「……ええ」

「でもそれは、嘘でしょう? あなたの頭から、光清と館のことが完全に消えてしまったとは思えない」

「それは……」

「別に答えなくてもいいですよ。あなたは光清とお母さんを天秤《てんびん》にかけた。そしてお母さんを取った。そういうことですから」

「でも……そのせいでわたしは、つまらない、退屈な人生を……」

智子は拳を握りしめた。そうだ、母親が運び込まれた病院に向かっている最中も、病院のベンチで座っているときも、病室に移された母親を看病している間も、ずっと光清のことは忘れられなかった。今ならまだ間に合うだろうか。今でも館の門は開くだろうか。そう思いつづけていたのだ。

しかし、どうしても母親を放っておくことができなかった。あんなに諍《いさか》いの絶えなかった母親なのに。

結局、館に向かったのは半月後だった。やはり館は自分に門を開いてはくれなかった。そして手に入れたのは、平凡で優しいが抑圧的な夫に、算数と理科がまるで駄目な息子、そして二十年のローンが残る小さな建売住宅だった。もしもあのとき、母親を捨てて館に向かっていたら……。

「あのとき、館に行っていたら、あなたには別の人生が待っていた。それは夢のような人生だったでしょうよ」

氷坂が言った。

「無精髭の男、館の本当の主が言ったこと――ふたりとも、薔薇の下僕だ。薔薇に傅き、薔薇に身を投げ出し、自らも薔薇となる――この言葉の意味が、わかりますか」

「……いいえ」

「ただ館に住んできれいな服を着て薔薇園を歩き回る姿を見せるだけなら、何も失踪させなくてもいい。しかし彼には、そうしてもらわなければならない理由があった。あなたがあの館に住んでいることを秘密にしたかったのです。いずれ、薔薇に身を投げ出してもらうためにね」

氷坂は言った。その瞳に冷ややかな光が宿った。智子は水を浴びせられたように震えた。

「そういうことなのか」

恵美酒が納得したように頷く。

「それ、どういうことなんですか」

問いかけながらも、智子はすでに理解していた。氷坂が何を言いたいのか、自分にどんなことが起きようとしていたのか。

「真冬に薔薇を咲かせるために、館の主はずいぶん苦労していたのだと思いますよ。特に肥料については」

氷坂は言った。

ああ、と智子は思った。やはり、そうなのか。

「じゃあ、光清さんは……」

「今もあの館にいるかもしれません。薔薇園の、薔薇の根の下に」

智子の前に、新しいジンジャーエールのグラスが置かれた。

「どちらの人生が、よかったと思います？」

金眼銀眼邪眼

1

ドアを開けてくれた男の顔を、田坂大樹《たさかだいき》はまじまじと見つめた。

「さあ、どうぞ」

「訊いてもいい？」

大樹は言った。

「そのヒゲ、本物？」

男は虚《きょ》を衝《つ》かれたように眼を見開き、自分の顎鬚《あごひげ》に触れた。

「……ええ、本物、ですよ」

「ほんとに？」

「本当です」

「どうやったら生えるの？」

「いや、どうやってと言われても……自然に生えてくるものを手入れしているだけですが」

「僕もそういうふうに、ヒゲが生えるかな？」

「さあ、どうでしょうね」

男は曖昧《あいまい》な微笑を浮かべる。

「そんなことより、さあ、中に入ってください。恵美酒《えびす》様がお待ちかねです」

これ以上、大樹の相手をしたくはないようだった。男は彼を部屋に入れると、さっさとドアを閉めた。

あまり明るくない部屋だった。大樹はぐるりと中を見回す。古そうな本がたくさん入った本棚の前に同じく古めかしい地球儀や、何だかよくわからない物が置かれていた。

そして部屋の真ん中に置かれた大きなソファの上に、奇妙な人間が座っているのに気づいた。

「君が、今日の語り手かね？」

その人間が言った。アニメの声優、それも老人の役をやっている声優のような喋りかただった。

大樹はその人間に近づいた。黒っぽい背広を着ている。かなり太っていた。色白で、頬が赤ん坊のようにぷっくりとしている。でも田舎のおじいちゃんより年寄りかもしれない、と大樹は思った。髪の毛はママがキッチンで使っている金属タワシのようにもじゃもじゃで、鼻の下には四角い海苔《のり》を貼り付けたような髭がある。

「訊いてもいい？」

大樹は言った。

「そのヒゲ、本物？」

「どうやら君は、髭というものに殊更《ことさら》の興味があるようだな」

太っちょの人間が片方の眉を上げた。

「歳は幾つだ？」

「十一歳」

「まだ髭の生える歳ではないではないか」

「でも床屋さんに行くと、鼻の下を剃ってくれるよ」

「それは産毛《うぶげ》だ。髭とは言わん」

太っちょ人間は首を振った。

「やれやれ、今日は産毛しか生えておらんような子供が相手か。おい氷坂《ひさか》、おまえ、本当に確認しておるんだろうな？」

「していますよ、間違いなく」

別のところから声が聞こえた。大樹が振り向くと、そこにも奇妙な人間がいた。髪の毛が新品の十円玉のような色だった。白いシャツの上に黒いベストを着て、黒いズボンを穿いている。顔色がとても白くて、唇だけがピンク色だった。女のひとのようだが、本当にそうなのかわからない。

氷坂と呼ばれたそのひとは、給食を配膳《はいぜん》するワゴンのずっと小さいものを押しながらやってきた。

「ねえ、訊いても――」

言いかけた大樹の口許に、氷坂の指が当てられた。

「私に関しての質問は、すべて却下します」

指が離れてから、大樹は言った。

「キャッカって何？」

「答えません、という意味です」

「どうして？」

「その質問も却下です。逆に私のほうからあなたに質問をします。コーヒーと紅茶とオレンジジュース、どれが飲みたいですか」

一瞬、自分も同じように「キャッカです」と答えてやろうかと思ったが、やめておいた。喉が渇いていたのだ。

「オレンジジュースがいい」

テーブルにジュースを注いだコップが置かれた。

「お座りください」

大樹は太っちょ人間と向かい合うようにして座った。早速ストローに口を付けてみる。本当はオレンジジュースよりアップルジュースのほうが好きだった。しかしこのオレンジジュースも、悪くはない。ママが特売で買ってくるペットボトル入りのジュースよりは、ずっと美味《おい》しかった。

「今日は酒を酌み交わしながら話を聞くということもできんのか。つまらんな」

小さなグラスを受け取った太っちょ人間が、文句を言った。茶色い飲み物が入ったグラスを口に持っていくと、氷が音を立てた。

「それ、お酒？」

「マッカランの五十年物。君にはわからんだろうが、いい酒だ」

「パパもお酒飲むよ。毎日ビール」

「どこの？　ベルギーか、チェコか」

大樹が覚えている名前を言うと、太っちょ人間は露骨に厭《いや》な顔をした。

「それはビールではない。ただの発泡酒だ。やれやれ、このままでは次代の酒文化が思いやられるわい」

太っちょ人間は背広のポケットから茶色い棒のようなものを取り出すと、それを銜《くわ》えて先に火をつけた。

「それ、タバコ？」

「質問の多い子供だな。これはシガリロだ。煙草の一種だよ。君のパパも煙草は吸うのか」

「吸わない。僕が生まれたとき、ママが怒るからやめたって」

「嘆かわしい。じつに嘆かわしい。神聖なる大人の文化が次々と消えていく。なあ氷坂、おまえも嘆かわしいと思わんか」

「私は煙草を吸いません」

氷坂と呼ばれたきれいなひとは、素っ気なく答えた。

「もちろん、酒もね」

「おまえに訊いた儂《わし》が馬鹿だったか。もういい、本題に入ろう。君の名前は田坂大樹、間違いないな？」

大樹が頷くと、

「よろしい。儂も自己紹介しておこう」

太っちょ人間は白い小さな紙を差し出した。受け取った大樹は、その紙に書かれている文字を見た。

【奇談蒐集家　恵美酒　一】

「なんて書いてあるのか、読めないんだけど」

「きだんしゅうしゅうか、えびす、はじめ」

太っちょ人間は噛んで含めるように言った。

「奇談という字も読めんくせに、どうして新聞の募集記事が読めたんだ？」

「テルオ先生が教えてくれたんだ。不思議な話を聞いてくれるって書いてあるんだって。本当？」

「君の話が真実で、紛《まが》うかたなき奇談であるならな」

大樹が今の言葉の意味を理解しかねていることに気づいたのか、恵美酒は言い直した。

「君が自分で体験した、本当に不思議な話なら聞いてやる。どうだ？　君の話は本物か」

「うん、本当だよ」

自分がどれだけ真剣か、わかってもらえるように気持ちを籠《こ》めて答えた。しかし恵美酒は疑わしそうな眼で見つめ返している。

「最近の子供のことはよくわからん。が、まあいい、君が真の奇談を話してくれるというのなら、儂も真剣に聞こう。礼金もはずむぞ」

「お金なんかどうでもいいよ。僕の話を聞いてほしいんだ」

「聞くとも。この世のものとも思えない、血も凍るような恐ろしい話。世の常識を引っくり返してしまうような、信じられないほど滑稽《こっけい》な話。一度聞いたら二度と忘れられんような、突飛《とっぴ》な話。儂はそんな話を求めておる。さあ、話してくれ。君の奇談を」

恵美酒はそう言うと、シガリロを吸った。

大樹はストローでジュースを一口啜《すす》ってから、話しはじめた。

2

僕の家の近くに「キリン公園」って公園があるんだ。本当の名前は違うんだけど、みんな「キリン公園」って言ってる。キリンの形をした滑り台があるんだよ。背中のところが滑り台になっててね、結構楽しいんだ。でも僕はもう大きくなったから、滑り台で遊んだりしないいんだけどね。

僕がキリン公園に行くのは塾を……塾の帰りで、本当にちょっと顔を出すだけなんだ。何か変わったことないかなって。小学生でも僕より小さな子たちはキリン公園より隣町のカンガルー公園に行っちゃう。そっちのほうが遊具がいろいろあるし、今は桜も咲いててきれいだから。もっと小さな子はお母さんと一緒にキリン公園で遊んでるけど、僕が行く頃になるともう帰っちゃってる。だから僕はいつもひとりきりなんだ。

誰もいない公園って、でも僕は好きだよ。まわりには家がたくさんあるのに、公園の中だけ静かで、なんていうか……落ち着く？　そんな感じ。僕、友達とわいわい騒ぐのって、あんまり好きじゃないんだよね。学校でもみんなと一緒に運動場で遊ぶのが苦手だし。だから昼休みもあんまり外に出ない。教室でぼーっとしてるのが好きなんだ。空とか見てね、浮かんでる雲が何の形に似てるかとか、そんなことを考えてるのが好き。テルオ先生は僕のこと「クウソウヘキがある」って言うんだけど、でもそういうのは悪いことじゃないって言ってくれたよ。テルオ先生って僕の担任。本当は山崎《やまざき》先生なんだけど、学校にはもうひとり山崎ナツコって先生がいて、ややこしいからみんなテルオ先生って呼んでるんだ。ちょっと変わってる。痩せてて背が高くて、魚みたいな顔してるんだ。眼がギョロっとしてて。でも優しいんだよ。授業のとき、ときどき面白い話をしてくれる。昔々に海に沈んじゃった大陸の話とか、ミナモトノヨシツネって侍《さむらい》が中国に行ってチンギスハーンって王様になった話とか。クラスのみんなは面白くなさそうだけど、僕は大好きなんだ。

……えっと、何の話だったっけ？　そうだ、キリン公園だよね。あそこは僕が一番好きな場所なんだ。誰もいないし、静かだし。日が暮れて暗くなってくると、公園の滑り台やブランコが影絵みたいに黒くなって、だんだん夜の空に溶けていくみたいな感じで、そういうのをずっと見てるのが好き。パパもママも夜遅くなるまで帰ってこないから、お腹が空《す》いて我慢できなくなるまで公園にいるんだ。その間、ずっとひとりきり。だから、ナイコとヨミに会ったのも、僕だけなんだよ。

一ヶ月くらい前、まだ寒かったんだけど、いつもみたいにひとりで公園にいて、ベンチでぼんやりしてたんだ。花壇にパンジーが咲いてて、まだチューリップは咲いてなかった。でも土をよく見るとね、芽が出てたんだよ。チューリップの芽。それを見つけたらなんだか嬉しくなっちゃって、もしかしたら芽が大きくなっていくのを見られるかもしれないと思って、ずっと見てたんだ。

そのとき、後ろのほうでガサガサって音がした。振り返ってみたら、猫が一匹いたんだ。真っ白な猫でね、前足をきちんと揃えて、背中をすっと伸ばしてて、少し首を傾げた格好で、僕を見てたんだ。その眼がね、不思議なんだよ。右側が青くて、左側が金色なんだ。すごくきれいでね、でも不思議な色だった。あんなの、初めて見たんだよ。

「君、誰？」

って訊いてみた。答えてくれるなんて思ってないよ。でもね、猫がすごく真剣に僕を見てたから訊いてみたくなったんだ。そしたら、

「ヨミ」

って返事があった。びっくりしたよ。本当に猫が喋ったのかと思った。でも違ってた。喋ったのは人間だったんだ。

気がつかなかったけど、公園にはいつの間にか僕の他にもうひとり、いたんだよ。

その子は僕より年上みたいだった。中学生かな。背丈は僕より高かった。黒っぽい服を着て、背中に黒いナップサックを背負ってた。それとサングラス。外は暗くなってきててそんなに眩しくないのに、真っ黒なサングラスを掛けてたんだ。

「ヨミ」

もう一度、その子が言った。そしたら猫がその子のところに走っていったんだ。その子は猫を抱き上げて、僕のほうに歩いてきた。

「訊いてもいい？」

僕は言った。

「その猫、君の？」

「そうだよ」

その子は言った。

「ヨミって、その猫の名前？」

「そうだよ」

頭を撫でられて、猫は眼を細くしてた。

その子は猫を抱いたまま、ベンチの僕の隣に座った。何か言うかと思ったけど、何も言わなかった。ただ猫を撫でてるだけなんだ。

「訊いてもいい？」

もう一度、僕は言った。

「どうしてサングラスしてるの？」

そしたら、その子は僕のほうを向いたんだ。サングラスで眼は見えないんだけど、なんだか睨《にら》まれてるような気がして、ちょっと怖くなった。

「俺がサングラスをしてるのは、君のためだ」

その子は、そう言った。

「僕のため？　どういうこと？」

「俺の眼を見なくてもいいようにだよ」

「君の眼を見ると、どうなるの？」

「よくないことが起きる」

そう言って、その子は少し笑った。だからもっと怖くなった。でも、怖がっていることを知られたくなかったから、

「よくないことって、どんなこと？」

って強がって訊いてみたんだ。そしたら、

「死ぬ」

なんて言ったんだ。僕、びっくりしちゃって、ベンチから立ち上がりそうになった。

「怖い？」

そう訊かれたから、

「怖くない」

って答えたけど、本当は逃げ出したいくらい怖かった。

「大丈夫、俺の眼を見なければ、大丈夫だよ」

その子は笑った。その笑い顔を見て、嘘を吐《つ》かれたんだと思った。僕を脅かすために嘘を吐いたんだよ。僕はちょっと腹が立った。

「嘘はよくないよ」

僕が言うと、

「そうだな。嘘はよくない」

あっさりそう言ったんだ。だから、やっぱりと思った。眼を見たら死ぬなんてのは、嘘だったんだ。

「君、名前は？」

向こうが訊いてきたから、

「そっちこそ、なんて名前？」

って訊き返した。そうしたら、しばらく考えてるような感じで、その後に、

「ナイコ」

って答えたんだ。

「ナイコ？　女なの？」

「男だよ」

「男なのに、ナイコ？　どんな字を書くの？」

「ただのナイコ。字なんてない。それより、君の名前は？」

「僕は田坂大樹。田んぼの田、上り坂の坂、大小の大、難しい木の樹」

「難しい木……ああ、樹木の樹か」

ナイコは頷いた。

「君、いつもこの公園にいるよね？」

「どうして知ってるの？」

「わかるんだよ。俺にはいろんなことがわかるんだ。たとえば、君がこの公園にいるのは、家に帰りたくないからだってこととか」

またびっくりした。

「どうしてわかるの？」

「俺は、そういうのがわかるんだ。家には誰もいないのか？」

「……いないよ。パパもママも仕事で帰ってくるのが遅いんだ」

そう答えたら、

「嘘だね？」

ナイコに言われた。

ああ、やっぱり何でもわかるんだと思ったけど、僕は言い返した。

「嘘じゃないよ。家にいても僕はひとりきりなんだ」

「ひとりだけど、ひとりじゃない。君は、怖いの?」

「……怖くないよ。怖くなんか……」

泣きたくなかったけど、涙が出てきた。

「美緒《みお》のこと、怖くなんかないよ……」

美緒は僕の妹なんだ。三つ下だったんだけど、去年の夏、死んじゃった。プールに行こうとしてて、酔っぱらいが運転する車に撥《は》ねられちゃったんだ。

美緒が死んだ後、僕の部屋にお仏壇が置かれた。美緒とふたりで使ってた部屋なんだけど、他にお仏壇を置く場所がないから、美緒のベッドがあったところに置かれたんだ。それと写真も。みんなで動物園に行ったときに撮った写真の、美緒のところだけ切り取って大きくして、額に入れたんだ。Vサインして笑ってる。

僕、ひとりきりでその写真と一緒にいるのが、いやなんだ。

いやだ、なんて言ったらパパもママもすごく怒るだろうし――それでなくても、パパもママも最近怒りっぽくて、サイバンがどうとかって言っていつも喧嘩ばかりしてるし――だから、いやだなんて言えない。でも、いやなんだ。怖いんだ。だから僕、ずっと公園にいたんだ。

僕がベンチに座ったまま泣いてたら、足に何かが触った。あの白猫――ヨミが僕の足に前足を置いて、僕を見上げてたんだ。青い眼と金色の眼がきれいだった。

「訊いてもいい？」

泣きながら僕は、ナイコに言った。

「どうしてヨミの眼は右と左で違うの？」

「金眼《きんめ》銀眼《ぎんめ》って言うんだ」

ナイコは答えた。

「白い猫の中には、ときどきこういう眼をしたのが生まれる。すごく珍しいんだけどね。片方が金色、片方が銀色」

「青いよ。銀じゃないよ」

「でも銀って言うんだよ。エンギがいいんだってさ」

「エンギって？」

「いいことがあるってこと。幸せになれるってこと」

「ふうん」

ヨミはずっと僕を見てた。僕もヨミを見た。

「嘘だけどね」

ナイコが言った。

「嘘？」

「金眼銀眼の猫がいたって、幸せがくるわけじゃない。同じような眼をしていても、ジャガンと呼ばれることもある」

「ジャガン？」

「俺のことだよ。同じなのに、ヨミとは正反対なのさ」

どういう意味でナイコがそう言ったのかわからなかったけど、なんとなく寂しそうに見えた。

「ヨミ」

ナイコが呼ぶと、ヨミは僕から離れた。

「じゃあ、帰る」

ヨミを抱き上げて、ナイコが言った。

「家、どこにあるの？」

「君の知らないところだよ」

「また、ここにくる？」

「そうだな、くるかもしれない。君が俺のことを、誰にも話さなければね」

「話しちゃ駄目なの？　誰にも？」

「ああ、誰にも。約束できる？」

「……うん、する」

僕は言った。そう言わないと、本当にもうナイコとは会えなくなるような気がしたんだ。

「わかった。じゃあ、また」

そう言って、ナイコは帰っちゃった。

僕も家に帰ったけど、自分の部屋には入らずに、キッチンでご飯とおかずを温めてテレビを観ながら食べた。ママが帰ってくるまで、そうしてたんだ。

次の日も、公園に行ってみた。ずっと待ってたけど、ナイコはこなかった。やっぱり嘘を吐かれたのかと思った。

でも、その次の日にはナイコはヨミを連れてきたんだ。僕たちはこの前と同じベンチに座った。

「ナイコって、どこの学校に通ってるの？」

僕が訊くと、

「学校なんて、行ってないよ」

ナイコは答えたんだ。

「嘘だ。学校に行かない子なんかいないよ」

そう言ったら、ナイコは膝の上のヨミを撫でながら、

「いるんだよ。俺は、夜の子供だから」

「夜の子供？　何それ？」

「君たちみたいな昼の世界の子供じゃないってこと。だから学校にも行かない」

「夜の子供は学校に行かなくてもいいの？」

「行かなくてもいい、か。君は学校に行きたくないみたいだな」

サングラスをしてたけど、ナイコは笑ってるみたいだった。

「うん、行きたくないよ」

僕は言った。

「学校も、塾も、行きたくない」

「じゃあ、どこに行きたい？」

「……え？」

「家にも帰りたくないんだろ？　じゃあ君は、どこに行きたいの？　どこにいればいいの？」

ナイコにそんなことを訊かれると思わなかったから、僕はなんて答えたらいいのかわからなかったんだ。

「……わからないよ。どこならいいのか、わからない」

また泣きたくなってきたから、僕は俯《うつむ》いた。

「危ないな」

ナイコが言った。

「君も、夜の子供になりかかってるよ」

「僕も？　どうして？」

「昼の世界から追い出されてしまうか、自分から逃げ出してしまうか、そうやってみんな、夜の子供になるんだ」

「そうか、僕も夜の子供になれるのか」

「なりたい？」

「……うん、なりたいかも。学校に行かなくてもいいのなら……家に、帰らなくてもいいのなら……」

「パパやママにも会えなくなるよ。それでもいい？」

そう言われて、ちょっと困っちゃった。パパやママに会えなくなったら、僕はどうなるだろうって考えたんだ。美緒が死んでからパパもママもサイバンとかソンガイバイショウとか僕のわからないことがたくさんあって、すごく怒りっぽくなってて、僕のことなんか全然かまってくれないんだけど、それでも会えなくなるのは、いやだった。

「やっぱり君は、夜の子供になるべきじゃないいな」

困ってる僕を見て、ナイコが言った。

「今は君のパパやママも君から気持ちが離れているかもしれないけど、それは君の妹が死んでしまったショックのせいだ。ふたりとも、どうしていいのかまだわからないんだよ。だから怒りに任せてサイバンを始めた」

「サイバンのこと知ってるの？」

「俺は何でも知ってるって言っただろ。リイバンで自分たちの恨みを晴らすことばかり考えてるのさ。でも、そのせいで逆に恨みを買うことになった。喧嘩を仕掛けた相手が悪かったんだ」

「どういうこと？　意味わかんない」

「ま、いいさ。とにかく、いつかきっと、君の両親も君のことを気にかけてくれるようになるよ」

「……そうかな？」

「ああ、きっとね。でも、そうなる前に君が夜の子供になってしまったら、もう取り返しがつかない。君はパパやママから離れてしまう。君の妹が離れてしまったみたいに」

「僕も、死ぬの？」

「死ぬのと同じかもしれない。夜の子供になるってことは、そういうことなんだ。でも今ならまだ間に合うよ。君はまだ、夜の子供になりきってるわけじゃないから」

「どうすればいいの？」

「一番大事なのは、パパとママの気持ちを取り戻すことだよ。君が大切なんだってことを、思い出してもらうんだ。そのためには、君が一度、いなくなってしまうといい」

「いなくなる？」

「家出するのさ。一晩でいい、君が家に帰らなければ、きっと君のパパもママも君のことを心配する。そして、君のことを大切に考えてくれるよ。そうすれば君も、家にいるのが辛くはなくなるだろう？」

「うん……」

「家にいるのが辛くなくなれば、そのうち学校に行くのも辛くなくなるよ」

「うん……だけど……」

「だけど、何？」

「家出って、どうしたらいいのか、わかんないよ」

僕が言うと、ナイコは笑った。

「何がおかしいんだよ?」

「ごめん、でも家出のことなら大丈夫。俺が手伝ってやるよ。まず、君の家に行こう」

ナイコはヨミを抱いてベンチから立ち上がると、歩き出した。僕もついていった。

そしたらナイコは、迷わず僕の家に行ったんだ。

「僕の家、知ってたの?」

って訊いたら、

「俺にはいろんなことがわかるって言ったろ」

ナイコは背負ってたリュックサックを下ろして、ビニール袋に入った封筒みたいなものと、手袋を出した。それから手袋をして、袋から封筒を出して僕の家のポストに入れたんだ。

「何をしたの?」

「君が家出をするってことを伝えてやったんだよ。これで君は、立派な家出人さ」

そう言われて、なんだか、とんでもないことをしちゃったような気がした。

「大丈夫だよ。一晩だけなんだから。明日の朝には家に帰ればいい。そうすれば、何もかもうまくいくよ」

「でも……僕これから、どうすればいいの?」

家出なんかしたことないし、するつもりもなかったから、どうすればいいのか本当にわからなかったんだ。そしたらナイコが、少し考えてから、

「一晩だけ、夜の子供になってみるってのはどう?」

って訊いたんだ。

「一晩だけだから、明日には元に戻れる。夜の子供の世界を一回だけ、体験してみるんだ」

そう言われて、ちょっと怖かった。でも、同じくらい面白そうだなって思ったんだ。ずっと夜の子供になっちゃうのはいやだけど、一回だけなら試してみてもいいかもって。だから、

「いいよ」

って言ったんだ。

「よし、それじゃ準備をしよう。一緒においでよ」

ナイコは僕の手を握った。初めてナイコに手を握られて、ちょっとだけ恥ずかしかった。ナイコって女の子みたいに白くてきれいな手をしてたんだ。

ナイコは僕を引っ張って、またキリン公園のほうに歩いていった。でも公園には行かないで、そのすぐ近くで止まったんだ。

「君の鞄、邪魔だな。預かってやるよ」

僕は塾の勉強道具とかが入ってる鞄をナイコに渡した。

「ちょっと待ってて。すぐに戻ってくるから」

そう言ってナイコはどこかに走っていった。そのままナイコが帰ってこないような気がして心細くなったけど、僕は我慢して待ってた。空はもう暗くなってて、お腹も空いてた。家に帰ったほうがいいかなって、そう思いはじめたときに、ナイコが戻ってきた。

「さあ、行こう。まずは夕飯からだ」

ナイコに連れていかれたのは、駅前の商店街だった。美緒が生きてた頃はママと美緒と一緒に買い物に行って、ファミレスでお昼ご飯を食べたりしたんだ。けど、美緒が死んでからは、そういうこともしなくなった。だから商店街にくるのも久しぶりだったんだ。暗くなるといろいろな明かりが点いて、なんだか違う場所みたいに見えた。

ファミレスの前にきたからそこで晩御飯を食べるのかと思ったんだけど、ナイコはそこを通りすぎて、暗くて細い道に入っていったんだ。赤や青の光る看板が両側に並んでて、人人が歩いてた。僕もそういう道があることは知ってたけど、一度も入ったことはなかったんだ。前に僕がそっちに行こうとしたら、すごく怒られたんだよ。子供の行くところじゃないって。そのことを思い出したから僕、ちょっと怖くなった。でもナイコは知らん顔で僕をどんどん引っ張っていったんだ。

止まったのは暗い感じの建物の前だった。壁に英語で何かが書いてあって、それが青く光ってた。

「ここ?」

って僕が訊くと、

「ああ」

ってナイコが答えた。

「訊いてもいい? これ、なんて書いてあるの?」

僕が光る英語を指差したら、

「ハーレム。この店の名前だ」

ってナイコが言って、ドアを開けたんだ。

中は、さっきこの部屋に入る前にヒゲを生やした男のひとがコップを磨いてたでしょ、あそこと同じみたいだった。いろんな瓶が並んでて、コップもたくさんあったんだ。でも、すごく狭かった。それとタバコの匂いもした。店にいた女のひとが吸ってたんだ。

「あら、いらっしゃい」

女のひとはナイコを見て笑った。ママよりずっと歳取ってて、ナツおばさんくらいだった。ナツおばさんってお祖母《ばあ》ちゃんの妹なんだ。でもナツおばさんはいつも着物を着てニホンブヨウを踊ってるんだけど、その店の女のひとは赤い洋服を着て髪の毛も赤くて、口紅も真っ赤だった。

「その子、誰？」

その女のひとが訊いたら、

「俺の友達だよ。何か食べさせてやってくれないかな」

「友達ねえ。あんたに友達がいるなんて知らなかったわ。ねえボク」

女のひとは僕に顔を向けて言った。

「こんなのと付き合ってると、ろくな人間にならないわよ。タイキはね――」

「余計なことは言わなくてもいい」

ナイコが言った。

「食い物がないなら、出ていく」

「ホットドッグくらいならあるけど、それでいい？」

「ああ、それでいい。な？」

ナイコが僕に言った。僕は頷いた。その後で、

「ねえ、どうしてこのおばさん、僕の名前を知ってるの？」

って訊いたら、

「このおばさんも、夜の子供だったからだよ」

とナイコが言ったんだ。

「おばさんも子供？　ナイコと同じ？」

「おばさんおばさんってうるさいわね」

フライパンで何かを作りながら、女のひとが言った。

「お姉さんだって言い張る歳じゃないけど、おばさんって言われるのも腹が立つわ。それにナイコって何よ？」

「俺の名前だよ」

ナイコが言ったら、女のひとは少し不思議そうな顔をして、それから笑い出した。

「なるほど、しょうがない子だね。わかった、今日からあんたはナイコさんだ」

女のひとは僕とナイコにホットドッグを出してくれた。長いパンに炒めたソーセージとキャ

ベツが挟んであっただけなんだけど、ものすごく美味しかった。僕、夢中になって食べたよ。ナイコも食べてるかなって横を見たら、ナイコはホットドッグを食べないで何か飲んでた。

「何飲んでるの？」

「夜の子供の命のモト」

ナイコが答えた。

「命のモト？　なんだか、お酒みたいだけど」

「そうとも言うな」

「子供がお酒飲んでもいいの？」

って僕が言ったら、

「そうそう、子供は飲んじゃいけないよねえ」

って、女のひとが笑った。ナイコは何も言わないで、お酒を飲んでた。

僕がホットドッグを食べ終わると、ナイコは僕を外に連れていった。

「お金、払ってないよ」

僕が言うと、

「いいんだ」

ってナイコは言った。右手でヨミを抱えて、左で僕の手を握って、歩き出した。

次にナイコが連れていってくれたのは、ゲーセンだった。高校生くらいの男のひとや女のひとがたくさんいた。ナイコを見てみんな、ちょっと怖がってたみたいだった。でも何人かはナイコに挨拶したり、話しかけたりしてた。ナイコはすごく有名なんだなって思った。

その中の、髪の毛を茶色くして高校の制服を着た女のひとが、

「ねえ、あれ取って」

ってクレーンゲームを指差したんだ。ナイコはコインを入れてバーを操作して、機械の中に入ってた犬のぬいぐるみの中の一番大きなやつを、一回で落としたんだよ。それを見てみんなが拍手した。僕も思わず手を叩いちゃったよ。何回かやったことあるんだけど、僕は一度も落とせなかったんだ。ナイコは出てきたぬいぐるみを女のひとにあげた。そしたら女のひとは大喜びして、ナイコのほっぺたに……キスしたんだ。僕、びっくりした。あんなの眼の前で見たの、初めてだったから。女のひとの隣に立ってた、やっぱり高校生くらいの男のひとが、すごく怖い眼をしてふたりのことを見てた。ナイコはでも、その女のひとをうるさそうに離して、僕を連れて店の奥に入っていったんだ。

「訊いてもいい？　ナイコ、あの女のひと、好きなの？」

「嫌いだ」

ナイコは言った。

「じゃあ、どうしてキスしたの？」

「あいつが勝手にした。俺がやったんじゃない」

店の奥は、少し暗かった。置いてある機械もクレーンゲームとかプリクラとかじゃなくて、スロットマシーンみたいなのばっかりだった。僕もテレビゲームでスロットマシーンってやっ

たことがあったんだけど、こういうのを見たのは初めてだった。

ナイコは店のひとにお金を渡して、コインを受け取った。そして僕に何枚か渡して、

「やってみるか」

って言った。僕はそのコインでスロットマシーンをやってみた。でも、すぐになくなっちゃった。

「駄目だよ。難しいよ」

僕が言ったら、

「ああ、難しいよ」

ナイコはそう言って、ヨミを横に置いて、自分もスロットマシーンを始めたんだ。さっきのクレーンゲームのことがあるから、きっとこっちでもナイコは上手なんだと思った。でもね、全然違ってた。ナイコも一度も当たらなくて、コインを全部なくしちゃったんだ。

そしたらナイコ、またお金を出してコインを買ってきた。交換するときに見たら、一万円札を出してた。

「そんなに使っていいの？」

って訊いたら、

「よくないよ。こんなことに無駄な金を使っちゃいけない」

って言うんだ。

「じゃあ、どうして使うの？」

「それは俺がろくでなしの、夜の子供だからだよ」

ナイコはどんどんコインを入れていった。何度か当たりが出て、コインが増えたんだけど、それもだんだん減っていって、結局なくなっちゃった。

「今日は駄目だ」

そう言ってナイコはヨミを抱き上げようとした。そのとき、

「おいガキ」

って誰かがナイコに声をかけた。さっきナイコが女のひとにキスされたとき、怖い顔で見てた高校生だった。

「何か用か」

ってナイコが訊いたら、

「よくも恥をかかせたな」

って叫びながら、ナイコに殴りかかってきたんだ。本当に怖い顔してた。僕、絶対にナイコが殺されると思ったよ。

でもね、ナイコは全然怖がってなかった。高校生が殴りかかってくるのを簡単によけて、逆に高校生の顔を殴ったんだ。なんかねえ、ボクシングの試合をテレビで観てるみたいだった。高校生は気を失って、バタッて倒れちゃったんだよ。

ナイコは倒れた高校生の首を摑んで、思いっきりほっぺたを引っぱたいた。それで高校生は眼を覚ましたみたいだった。

「おまえ、ここに来るのは初めてか」

ナイコが言った。僕と話してるときとは全然違う、すごく怖い声だった。高校生は何か答えたみたいだけど、よく聞こえなかった。そのとき、コインの両替をしてた店のひとが言った。

「新顔でなきゃ、あんたに手を出すわけがないだろ」

「だろうな。だけど」

ナイコは高校生に向かって、サングラスを外した。

「ジャガンのことは、知ってるよな?」

僕が立ってるところからは、ナイコの眼は見られなかった。でも高校生がナイコの眼を見て、ものすごく震え出したのはわかったよ。

「おまえはジャガンに睨まれた。どうなるか、わかってるよな?」

「た……助けて……頼むよ……」

高校生は泣き出しちゃった。ナイコは高校生が着てた制服のボタンを引きちぎって、ポケットから財布を取った。中を見て、

「しけたやつだ」

って言って、その財布を自分のポケットに入れた。

「十数えるまでにここから出ていけ。いいな。十、九……」

高校生は悲鳴をあげて逃げ出した。

「今のって、泥棒?」

僕が訊いたら、

「そうだよ。俺は泥棒もする」

ナイコは言った。もう怖い声じゃなかったけど、僕はちょっと震えちゃった。

「訊いてもいい？　ジャガンって何？」

「邪眼。ヨミの眼の反対だ」

「反対？」

「ヨミの金眼銀眼、俺の邪眼。プラスマイナスゼロなんだ」

ナイコが何を言ってるのか、わからなかったよ。

「さあ、次だ」

ナイコはヨミを抱いて、僕を店から連れ出した。

次に行ったのは大人がたくさんいる店だった。みんな変な格好をして踊ってた。ナイコはヨミを抱いたまま、女のひとから渡されるお酒を飲んでいたよ。僕もジュースを貰ったけど、怖くて飲めなかった。

それからカラオケの店にも行った。でもナイコは歌わなかったんだ。受付にいる店のひとに話をして、そのひとからお金を貰ってた。どうしてお金を貰えるのか訊きたかったけど、やっぱり怖くて訊けなかった。

店を出て歩いてる途中で、大人のひとが何人かナイコに話しかけてきた。すごく怖い顔をしてるひとばかりだった。そのひとが僕のほうをちらちらと見るだけで、僕は怖くて震えてきたんだよ。だからどういうひとなのかも、訊けなかった。

「そろそろ、怖くなってきたかな？」

ナイコが言った。僕は頷いた。もう、家に帰りたいと思ってたんだ。

「もうひとつ、見せたいところがある」

ナイコは僕を引っ張って、そこに連れていった。暗くてよくわからないけど、神社みたいな空き地だった。何人かひとが立っていたけど、よく見えなかった。話してる言葉も日本語じゃないみたいだった。

「これを見なよ」

ナイコが指差したところに、ひとが座ってた。中学生か高校生みたいだった。うずくまって顔を隠してた。体が寒がってるみたいに震えてたよ。

「どうしたの、このひと？」

「夜の子供の、最後の姿だ」

ナイコは言った。

「自分の体を犠牲にして、自分の命を削る薬を手に入れてるんだ。でももうおしまいだ」

「どうなるの？」

「死ぬ」

座ってるひとは、動かなかった。もう死んじゃってるのかと思ったけど、泣き声が聞こえた。泣いてたんだ。

「助けられないの？」

「ここにきたら、もう誰も助けてくれない。自分の力で逃げ出さないかぎり」

ナイコは僕に言った。

「わかった？　これが夜の子供の姿なんだ。こうなりたい？」

「いやだ」

僕は言った。ほんとに怖かった。

「絶対にいやだ！」


それからどうなったのか、よく覚えてないんだ。いつの間にか寝ちゃったみたい。起こされたときはキリン公園のベンチに寝てて、ナイコとヨミがいた。まだ空は暗かったよ。

「これでお別れだけど、約束してほしいことがある」

ってナイコが言った。

「家に帰っても、俺と会ったこと、俺に連れていかれた場所のことは、絶対に言わないこと。何も覚えてないと言うこと。いいな？」

僕は約束したよ。そしたらナイコは笑って、僕にヨミを渡したんだ。

「今日からヨミを頼む」

「どうして？　ヨミはナイコの猫じゃないの？」

「俺はもう飼えない。ヨミを昼間の世界の人間に渡したいんだ」

ナイコはそう言って、僕とヨミを置いて、どこかへ行っちゃった。

僕はしかたなくヨミを抱いて家に帰ったんだ。そしたらパパとママが泣きながら抱きしめてきて、それだけじゃなくて、家にいた知らないひとが、どこにいたんだとか、いろいろ訊いてきたんだ。後でわかったけどそのひと、警察のひとだったよ。僕、誘拐されたと思われてたみたいなんだ。僕は公園で眠っちゃって、そのまま公園で眼を覚ましたって言った。何度も訊かれたけど、同じことを答えたよ。最初は信用してもらえなかったけど、そのうち訊かれなくなった。何日か家から出してもらえなくて、パパもママもずっと家にいた。僕のことをすごく心配してるみたいだった。ヨミのことも最初はいやがってたけど、僕が離さないから飼うのを許してくれたんだ。

一週間くらいして学校に行けるようになった。みんな僕のこと、不思議そうに見てたよ。どうしてそんなふうに見るのかわからなかったけど、テルオ先生が教えてくれた。僕のこと、新聞に載ってたんだって。パパやママは新聞もテレビも見せてくれなかったから知らなかったけど、僕を誘拐した人間が捕まったんだって。

「ナイコが捕まったの?」

って僕が訊いたら、テルオ先生が、

「いや、捕まったのは庄賀秀也《しょうがひでや》と菅子《すがこ》って夫婦だよ。君の妹、美緒ちゃんを轢《ひ》いた庄賀達夫《たつお》の父親と母親だ。君のご両親は達夫と両親を相手取って何千万って金額の損害賠償の裁判を起こしてた。庄賀夫婦は君を誘拐して、裁判を取り下げろって脅迫状を送ったんだよ。警察が彼らの家を調べたら、君の鞄が隠してあった」

って言ったんだ。僕、何のことだかさっぱりわからなかった。テルオ先生は本当はそうじゃないってことがわかったみたいで、ナイコって誰のことだって訊いてきた。僕、黙っていなきゃいけなかったんだけど、先生に何度も訊かれて、とうとうナイコのことを話しちゃったんだ。

「僕、どうしたらいいんですか。パパやママに本当のこと、言わなきゃいけない？」

って訊いたら、テルオ先生は少し考えてから、新聞を持ってきて、言ったんだ。

「ここに面白い広告が載ってる。一度、この恵美酒ってひとに話してみたらどうかな？　こんな広告を出すひとだったら、いい考えがあるかもしれないよ」

3

「……それで、儂のところにきたというわけか」

大樹の話を聞き終えた恵美酒は、空になったグラスを振った。氷が乾いた音を立てた。

「つまり、儂にどうしたらいいのか聞きたいと、そういうわけだな？」

「そう。僕、ナイコとの約束破ってテルオ先生に話しちゃった。今も話しちゃったし、でも、何がなんだかわからなくて、どうしていいのかもわからないんだ。ねえ、どうしたらいいと思う？」

「そんなことは知らんよ」

恵美酒はグラスを置いて腕組みをする。

「儂の目的は奇談を聞くことだ。相談事を持ち込まれる筋合いはない」

「でも、電話で話したときは、どうしたらいいか教えてくれるかもしれないって言ったじゃないか」

大樹が憤《いきどお》りまじりに言うと、

「そんなことを言ったのか、氷坂」

恵美酒は傍《かたわ》らに控えていた氷坂を睨んだ。

「ええ、言いましたよ。面白そうな話でしたから」

氷坂は言葉を返す。恵美酒は不服そうに鼻を鳴らした。

「何が面白そうだ。邪眼だと？　そんなもの、虚仮威《こけおど》しに過ぎん。そのナイコという奴が本物の邪眼の持ち主なら、ひと睨みで相手に呪いをかけることもできるだろうが」

「案外、本当だったかもしれませんよ」

氷坂の言葉に、恵美酒はぎょっとしたような顔をする。

「本気で言っているのか」

「じつは私、少々調べてみたのです。といっても新聞の記事を探しただけですがね。彼の誘拐事件の顚末《てんまつ》が書かれていました。逮捕された庄賀夫妻は周到に計画していたらしく、彼らの自宅には大樹君だけでなく、両親の日頃の行動についても詳しく調べた記録があったそうですよ。

警察も新聞も、それを不審に思ってはいないようでしたけどね」

「不審？　どういうことだ？」

「変だと思いませんか。子供を誘拐するのなら、子供の行動だけ探ればいい。なぜ家族全員のことを調べたのか」

「おまえは、どう考える？」

恵美酒は身を乗り出した。少し興味を持ち出したようだった。氷坂は言った。

「おそらく、彼らのターゲットは大樹君だけではなかった、ということです。家族三人とも狙っていたのでしょう」

「三人揃って誘拐するつもりだったというのか」

「いえ、そんな面倒なことは考えていなかったでしょう。多分、全員皆殺しにするつもりだったんでしょう」

氷坂は何でもないことのように言った。だがその言葉は、大樹にも理解できた。

「みんな、殺される？　パパもママも僕も？」

「当初の計画では、そういうことだった、という話ですよ」

氷坂は大樹に言った。

「君の両親から訴えられたことが、よほど気に入らなかったんでしょう」

「でも、あのひとたちが美緒を死なせちゃったんだよ！」

「そう、彼らのほうが加害者側です。それが我慢ならなかった。自分たちを加害者側に追いやった被害者側の家族が許せない。そう考えたのでしょうね」

「しかし実際に起きたのは誘拐事件だし、その誘拐もナイコとかいう変な奴が起こしたことだぞ」

恵美酒が言うと、

「そのとおりです。つまりナイコなる人物が庄賀夫妻の計画をぶち壊したのですよ。彼は田坂家の人間を救ったのです。そして、自分の家族も」

「家族?」

「ハーレムという店の女主人が彼の名前を洩らしています。『タイキ』と。そして彼がナイコという偽名を口にしたとき、『なるほど、ショウガナイコだね』と、言っている。このことから類推すれば、彼の名前は庄賀タイキ」

「庄賀……そいつも庄賀家の人間だと?」

「交通事故を起こした庄賀達夫の弟ではないでしょうかね。彼は自分の両親が計画していることを知った。そして、事前に阻止したのです。大樹君のことをいろいろ知っていたのも、両親が調べた記録を読んだか、自分なりに大樹君の動向を調べたかしたのでしょう。どうやら彼は『夜の子供』、つまり法治外の世界に身を置いているようですが、これ以上自分の家族が罪を重ねることは避けたかったのかもしれません」

氷坂は、大樹に眼を向けた。

「君がどうすればいいのか、教えてあげましょう。見たもの、聞いたもの、すべてご両親と警察に話すことです」

「でも、ナイコとの約束が……」

「約束なんてどうでもいい。そのうちに庄賀夫妻が君を誘拐してはいないことが明らかになるでしょう。そのまま彼らは釈放され、中断させられた計画を再び実行に移すかもしれない。それを防ぎたかったら、何もかも話すべきですよ。そしてすべてを明らかにしなければなりません。ナイコ……庄賀タイキのことを含めてね」

「ナイコも警察に捕まるの？」

「ええ、捕まえてもらうべきです」

「でも、ナイコは僕を……」

大樹は口籠《くちご》もる。その様子を見て、氷坂は言った。

「ナイコを救いたいですか」

「……うん」

「なら、なおのこと警察に言わなければ。このままだとナイコは、夜の子供のまま一生昼の世界に戻ってこられない。しかし真実が明らかになれば、彼の運命を変えられるかもしれません」

「ほんと？　本当にナイコが昼の世界に戻れるの？」

「可能性はある、としか言えませんけどね」

氷坂に言われ、大樹は考えた。そして、頷いた。

「ひとつだけ、訊いてもいい？　ナイコの邪眼って、なおらないの？」

「なおらない。でも、なおります」

「どういうこと？」

「猫の金眼銀眼は尊ばれる。しかし人間の場合は逆に恐れられ、疎《うと》まれる。物の見方なんて、そんなものだということですよ」

「彼の邪眼も、金眼銀眼だというのか」

恵美酒が問いかける。

「彼自身、そう言ってますからね。『同じような眼をしていても、ジャガンと呼ばれることもある』と。いわゆる虹彩異色症というやつでしょう。光彩の色が左右の眼で違う。それだけのことです。それだけのことなのに、金眼銀眼だの邪眼だのと騒ぐ。人間というのは、いつの時代でも頑是《がんぜ》無いものです」

氷坂が何を言っているのか、大樹にはよくわからなかった。ただ、ひとつだけわかったことがある。

「僕、言うよ」

氷坂が大樹を見つめた。それまで冷たく光るだけだった氷坂の瞳に、違う光が宿ったような気がした。大樹は、はっとした。

「ねえ、訊いてもいい？　その眼、ひょっとして――」

氷坂の指が大樹の唇に当てられた。

「言ったはずです。私についての質問は、すべて却下します」

すべては奇談のために

今はこんな稼業をしてますが、もともと私は書くことを仕事にしたいと思ってました。小学校の卒業文集で将来の夢を「作家」と書いてたような人間です。

プロの作家で子供の頃ノートとかに小説を書いて友達に回し読みさせてた、なんて話がありますよね。それと似たようなことを私もしてたんです。国語のノートにびっしり書いて、みんなに無理矢理回してました。そう、無理矢理です。自分では傑作を書いてたつもりなんですが、客観的に見るとそうではなかったみたいです。続きを読みたいと言ってくれるような子は、ひとりもいませんでした。

中学高校大学と作家になる夢は持ちつづけていました。雑誌の新人賞には手当たり次第応募して、これでデビューできれば早熟の天才と褒めそやされるに違いない、なんて皮算用までしてました。でも結局、一次審査さえ通ったことはありませんでしたがね。

どうやらこのままでは作家として生計を立てていくのは難しそうだ、と気がついたのは四回生のときでした。卒業して即プロとして独り立ち、という当初の計画は変えなければなりませんでした。

それでしかたなく、今の仕事に就いたわけです。

すでに何年か続けていますが、正直なところ、いまだに馴染めないでいます。こんなの、自分の仕事じゃないという気持ちが強いんです。これが天職だと公言している同僚もいますが、私は違います。作家になる夢を諦めることはできませんでした。

三年半くらい前でしょうか、仕事を終えて飲みに出たときのことです。馴染みの店に行こうとしていた私の名前を呼ぶ声がしました。振り返ると、そこにいたのは大学時代の先輩でした。彼はもともと編集者志望で、大手の出版社に就職していました。私と違って自分の夢を叶えた人間です。

先輩は地元に住んでいる作家と打ち合わせをした帰りでした。

「懐かしいな。一杯いこう」

屈託なく笑いかけてくる先輩に、私は同じように笑いながら、でも内心の鬱屈《うっくつ》を隠すのに必死でした。大学時代、ゆくゆくは作家になるんだ、と彼にも豪語してましたからね。それが今はこんな……。

奢《おご》ってくれるというので、馴染みの店ではなく、ちょいと高級なバーに連れていきました。先輩はすでに作家先生と飲んできたようですが、それでも高級な酒を出させて威勢よく飲みつづけました。一流出版社の編集者というのはたいしたものだな、と僻《ひが》み根性を隠しながら私も追従しましたよ。もしかしたら先輩のコネでデビューできるかもしれないと考えたからです。

「で、どうなんだ？　小説は書いてるか」

先輩は訊いてきました。

「ええ、まあ、ぼちぼちと……」

とかなんとか、当たり障《さわ》りのない返事をしました。夢を捨てきれずに原稿を書きつづけていたのは事実でしたからね。

するとと先輩は意地悪そうな眼付きになって、

「いや、わかっとる。おまえ、芽が出ないんだろ？」

身も蓋もないことを言われました。

「俺もプロの編集者だ。今ならおまえが書いていたものが売り物になるかどうか、はっきり言えるぞ。はっきりとな。おまえは、駄目だ」

これにはさすがにムッとしましたよ。

「なぜ駄目なんですか」

「おまえには物語を作り出す才能がないんだよ。どれもこれも借り物のお話を継《つ》ぎ接《は》ぎしてまとめているだけだ。そんなもの、誰も金を出して本を買おうなんて思わんし、そんなものを本にしようなんて編集者もおらん」

正直、絞め殺してやろうかと思いましたよ。しかし先輩は続けて言いました。

「ただし、おまえに書く才能がないとは思わん。文章力はそこそこあるからな。どうだ、ここでひとつ路線変更をしてみんか」

「路線変更？　どういうことですか」

「ライターなら、何とかなるかもしれん。何か得意分野はあるか」

いきなり言われても、どう答えていいのかわかりませんでした。そもそもライターと言われても、どういうものを書くのか、そのイメージも摑めませんでしたから。それでしかたなく、

「書かせてもらえるなら、何でも書きますよ」

と答えました。

「よし、わかった」

先輩は頷くと、ウイスキーの水割りを一気に飲み干しました。

「じつはうちで今度、新しい雑誌を作ることになってるんだ。若者向けで、いろいろな情報を詰め込むタイプのものだそうだ。そこの担当が俺の知り合いでな、新しいライターを探してた。もしもその気があるなら、紹介してやってもいいぞ」

渡りに舟、というべきなのかもしれません。雑誌に書かせてもらえるなんて願ったり叶ったり、なのかも。しかしどんなものを書かされるのかわからないし、自分が書きたいものなのかどうかもわからない。それで少しだけ躊躇してしまいました。

「売文屋にはなりたくない、そんな顔をしてるな」

先輩の眼付きがまた意地悪くなりました。

「自分のプライドが傷つくか。え？　どうなんだ？」

「それは……」

言い渋っていると、いきなり背中をどやされました。

「馬鹿野郎、チャンスは摑んでおけ。取っかかりも手に入れずに望むことができると思うな」

それはたしかに、そうかもしれない。たとえ今は望まないものを書かされるとしても、それがきっかけで道が開けるかもしれない、と思いました。

「でも、今の仕事を辞めてライターになるのは……」

「馬鹿、誰が仕事を辞めろって言った？　バイト感覚でいいんだよ。いきなり本一冊書けと言ってるわけじゃないんだぞ」

結局、先輩の申し出を受けることにしました。

その後、数日は何の音沙汰もありませんでした。酔った勢いで言ったことだから、先輩も忘れてしまったのかもしれない。そう考えると少々、いや、かなり落胆してしまいました。

しかし一週間後、私のところへ一通のメールが届きました。先輩からメールアドレスを教えられたというそのひとは、話に出ていた新雑誌の編集者でした。新しい雑誌のために書けるものがあるなら見せてくれ、というのが内容です。私の今の仕事についても聞いていたようで、その関係で書けることでもいい、ということでした。ずいぶんとアバウトな話です。

取りあえず、仕事先で体験した笑える話とか変な同僚の話とか、そういったものを何本か書いて送ってみました。するとすぐに返事がきて、送ったうちの何本かを千二百字に纏《まと》めて書き直してくれたら採用する、と言われました。これが私の、あまりにもあっさりと決まったライターデビューの経緯です。

その後も現在の仕事を続けながら、コラムのような形で連載を続けました。私の書いているものは爆発的に受けているわけではないが、そこそこの人気はある、ということでした。おかげで二年ほどこの仕事を続けることができました。その間に他のものを書いたり別の出版社で仕事をする機会もできてきました。気がつけばちょっとしたプロです。ジャンルもいろいろなものに手を伸ばすようになりました。書評に映画評、占い記事のリライトや体験談まがいの文章をこさえたこともあります。無記名の仕事もペンネームを使った仕事もありました。ペンネームなんて七つくらい持ってますよ。もちろん本名で書いたことは一度もありません。だから表の仕事で付き合っている連中も、私が裏でこんな仕事をしているなんて知らないはずです。別に人様に言えないようなことをしているわけではないんですが、裏の顔を持っているというのは、なんとなく優越感に浸れて気分のいいものなんですよ。

そんな感じで二足の草鞋《わらじ》を履いて三年、今からちょうど半年くらい前でしょうか、知り合いになったばかりの編集者から仕事の依頼がきました。都市伝説についての本を出したいからライターとして参加してくれ、ということでした。

都市伝説って、ご存知ですよね。本当にあったことという前提で語り伝えられている現代版の怪談みたいなものです。もちろん幽霊とかが出るものばかりじゃなくて、例えば「電子レンジで猫を乾かそうとして猫を殺してしまった女性が、猫を電子レンジに入れてはいけないという表示がされていなかったという理由で製造会社を訴えた」というのも、ひとつの都市伝説です。本当にあったことなのかどうかわからないけど、世の中には実際にあったことだったとして伝わっている。そういったものを集めて本にしたいということなんですが、じつのところ、こういう本はもう何冊も出ています。学校の怪談とかで一時期ブームになりましたからね。だから二番煎じ三番煎じどころの話じゃない、出涸らしみたいな企画です。よくもまあ今頃になってそんな本を出す気になったものだと、呆れてしまいましたよ。でも仕事として依頼された以上、ちゃんと書くのがプロです。どうせなら今までの本に収録されていないような新しい、そして珍しい都市伝説を見つけ出して紹介してやろうと思いました。

　しかしこれが、意外と厄介な仕事でした。ネットを巡って情報を収拾しようにも、都市伝説を集めたサイトなんかで紹介されているものは、すでに人口に膾炙《かいしゃ》されたものばかりですから、目新しさなんてどこにもありません。本に纏められているものは、なおさら使えません。結局新聞のデータベースを調べたり雑誌のバックナンバーを読み返したりしてネタを探すしかありませんでした。手間がかかって、そのわりに効率の悪い作業でしたけど、それしか方法が考えられなかったんです。

　しかし、無駄に時間が過ぎるばかりで、これはというものには出会えませんでした。面倒な仕事を引き受けたものだと後悔しましたよ。

　そんなある日のことです。たまたま高校時代の友人と飲む機会がありました。そいつは学生の頃から警察官になるのが夢で、結局その夢を叶えた人間です。今は交番勤務ですが、いずれは刑事になるつもりだと言っています。

　彼には自分の副業のことを話していました。だからその日も、酒の肴《さかな》がわりに今手掛けている仕事についての話をしたんです。

「都市伝説かあ……口裂け女とか、そういうやつだな？」

「まあ、そうだな。あんなに有名なのは今更って感じだけど」

そう言いながら酒を酌み交わしていたときです、彼がふと思いついたように、

「そういえば、この前、変な話を聞いたぞ」

と言い出したんです。

「あれは先月だったかな。市役所の中で暴力事件があったんだ。職員が同僚に殴り掛かって怪我をさせたってだけのことなんだがな」

「……それなら、新聞を引っくり返しているときに読んだ記憶がある。役所の中でやったのか」

「ああ、現場は教育委員会の学校保健課、だったかな。そういう名前の部署があること自体、それまで知らなかったが」

「場所としては珍しいな。しかし――」

言いかけた私を、彼は手で制して、

「ただの暴力事件なら、おまえに話そうなんて気にはならない。面白いのは、殴った側の動機だよ。そいつ――たしか仁藤《にとう》とかいう名前だったと思うが――事件の一ヶ月前の帰宅途中に何者かに後ろから刺されて鞄を奪われてたんだ。いまだにその事件は解決してないんだが、仁藤が言うには犯人は同僚――彼が殴った男だというんだよ。その同僚が自分の影に化けて後ろから襲ったんだとさ」

「影に化ける？　何だそれ？」

「それがな、よくわからないんだが……仁藤は昔から自分の影を怖がっていたそうなんだ。どうして怖がるようになったのかは知らん。とにかく、いつか自分は自分の影に襲われるとか、そういう恐怖に囚われていたんだとさ。で、そのことを知った同僚が自分の影のような振りをして脅した上に、帰宅途中に襲いかかって鞄を奪った、というのが仁藤の言い分なんだ」

「自分の影に怯《おび》える男か……それはそれで、面白そうな話ではあるな。しかし……」

「まあ待て。話には続きがある。仁藤は最初、自分を襲ったのは自分の影だと信じていた。警察が事情を訊いたときも、そう話していたんだよ。もちろん、誰も真に受けはしない。影に刺されるなんて、そんなこと、あると思うか」

「いや、ないだろうな」

「だろう？　でも仁藤はそう信じていた。ところがその考えを引っくり返すようなことが起きたんだ。彼が言うには、ある新聞広告を眼にしたからだというんだがな」

彼は勿体《もったい》ぶるように話を切って、焼酎を飲みました。ここからが話の肝なんだな、と私は思いました。

「どんな広告なんだ？」

「それがな、【求む奇談】ってやつなんだそうだ」

「求む……奇談？」

「ああ、自分が体験した世にも不思議な出来事を話してくれたら高額の謝礼を進呈する、というものらしい」

「たしかに奇妙だな。誰がそんな広告を出したんだ？」

「エビス、という男だとさ」

「エビス……」

「仁藤は自分の話を信じてくれる人間がいるかもしれないと考えて、その広告に応じたんだ。面会場所は奇妙なバーだったそうだ。名前は……ストロベリー……なんとかだったと思うが……ちょっと思い出せないな。とにかく指定された店に行って、仁藤はエビスという男に会った。彼は自分のことを奇談蒐集家と紹介したそうだ」

「奇談蒐集家……」

その名前を聞いたとき、背筋に震えみたいなものが走りました。これはいけそうだ、と思ったんです。

「仁藤はエビスに自分の体験を話した。するとエビスと一緒にいた男だか女だかわからない奴が、それは奇談でも何でもないと言い出した。そしてさっき話した同僚犯人説を唱えたんだとさ」

「つまり、謎を解いたってわけだな」

「まあ、そういうことになるな。仁藤の話は不合格と判定されて金は貰えなかった。しかし仁藤にはそんなことはどうでもよかった。自分を嵌《は》めた同僚のことが許せなくて我慢できなかった。それで翌日、仕事場で顔を合わせた同僚に襲いかかったってわけだ」

「なるほどな。それで、襲われた同僚は自分がやったと認めたのか」

「いや、自分じゃないと言い張ってる。そんなのは言いがかりだよな。実際に証拠もないから、警察もそいつが容疑者だと断定できないでいるんだ。奪われた鞄の中には学童の個人情報が入っていたので、それを売るのが目的だったと仁藤は言い張ってるんだが、同僚がそれを誰かに売り渡したという事実も、今のところは見つかっていないんだよ」

私は思わず唸《うな》ってしまいました。聞けば聞くほど奇妙な話です。私が探しているような都市伝説に当てはまるかどうか、よくわかりませんでしたが、「奇談蒐集家」を名乗るエビスという人物には、かなり興味を惹かれました。私は友人に言いました。

「その仁藤って男に会えないかな？　もしかして刑務所に入っちまったのなら……」

「いや、怪我もたいしたことなかったし、今は帰されて自宅謹慎してるんじゃなかったかな。なんなら住所を調べておいてやるよ」

翌日、友人は約束どおり仁藤の居場所を教えてくれました。郊外の市営団地でした。私はさっそく訪問してみました。

仁藤は在宅していました。用件を話すと、意外にあっさりと家に入れてくれました。彼は独りきりでした。嫁さんと子供は嫁さんの実家に帰っているということでした。

顔色の悪い男でしたよ。もともとそうなのか、事件のせいでそうなったのか、わかりませんが。

「私は被害者なんです」

仁藤は切々と言い募りました。

「全部あの男がやったことなんです。なのにどうして誰もわかってくれないのか……」

私はお為《ため》ごかしの慰めを言いながら、自分が知りたいこと——奇談蒐集家のことについて尋ねました。

彼の話によると、エビス——恵美酒一《はじめ》というのは恰幅《かっぷく》のいい初老の男性で、氷坂《ひさか》という名前の人物が彼に付き従っているということでした。氷坂は恵美酒の秘書のようなことをしているらしく、最初に連絡先に電話を入れたときに電話口に出たのも、氷坂だったそうです。そして仁藤の話を聞いた後に謎解きをしてみせたのも、氷坂でした。

「その氷坂というのは、どんな男なんですか」

私が訊くと、

「どんな、と言われても……」

仁藤は首を捻りました。

「そもそも男なのか女なのか、それもはっきりとはしないんです。女なら美女、男なら美男子、ということくらいしか……」

どうにも要領を得ませんでした。こうなったら直接会ってみるしかない、と思いました。

「連絡先を教えてください」

と言うと、仁藤はまたまた首を捻り、

「それが……わからないんです。新聞広告は切り取って持っていたはずなんですが、どこかに行ってしまって……」

「何月何日の何新聞に載っていた広告なんですか。それがわかれば、こっちで調べますが」

「それも……よく思い出せないんですよ。うちで取っている新聞はT新聞だから、載っていたのもそれだと思うんですけどねえ」

すべてがこんな調子です。どうにも埒《らち》が明きません。

「本当にそんな人物がいたんですか」

そう言わずにはいられませんでした。すると仁藤は顔色を変えて、

「本当ですよ。ここに証拠があります」

と、一枚の名刺を見せてくれました。

【奇談蒐集家　恵美酒　一】

表にはそう記されているだけでした。住所も電話番号もありません。裏には「Hajime Ebisu」とあるだけです。これでは手がかりにはなりませんでした。

「じゃあ、恵美酒と会った店を教えてください。どこですか」

「駅南にある商店街の中なんですが……でも……」

「でも？」

「本当にあそこにあったのかどうか……じつは、もう一度彼らに会おうと思って、店のあったところに行こうとしたんです。でも、どうしても辿り着けなくて……」

話を聞いているうちに、苛々してきました。

「もう一度探してみましょう。私も一緒に行きますから」

強引に仁藤を引っ張り出し、その商店街に行ってみました。

「この花屋の向こうに、斜めに道があったはずなんですよ」

彼が指差した先には、元は洋品店らしいシャッターを下ろした店舗がありました。隣の花屋とは隙間なく隣接していて、道なんてありません。

「なんだか奇妙な路地でねえ、並んでいる家もぼんやりとしてて、書き割りみたいに現実感がありませんでした。その先にあったんですよ。石造りの西洋風の店が」

「名前は？」

「英語で『strawberry hill』という看板が掛かってました」

「ストロベリー・ヒルねえ……」

私はすでに彼の言うことを信用できなくなっていました。どう考えても彼の妄想か夢物語にしか思えなかったんです。

「もう一度、あの店に行ければなあ……恵美酒さんと氷坂さんに会えば、私の言うことが全部正しいんだって証明できるのに……」

嘆息する仁藤とは、そこで別れました。

念のため、T新聞の記事を遡って探してみました。でも、彼の言うような広告は見つかりませんでした。

やっぱりあれは仁藤の作り話か妄想なんだと結論するしかありませんでした。せっかくいいネタを摑んだと意気込んでいたのに、また一からやり直しかと思うと気が滅入りましたよ。

ところが、です。諦めようと手放しかけたネタが逆に自分の手をしっかりと握り返してくるような、そんな出来事が起こりました。

きっかけは光永《みつなが》という職場の先輩から聞いた話でした。私はライターの仕事があるので、時間を捻出するために表の仕事での付き合いは極力減らしています。それでもたまには飲み会なんぞに付き合わざるを得ないこともあって、彼から話を聞いたのも、そんな飲み会でのことでした。

その先輩の幼馴染みの男が、自分の前の女房の再婚相手を殺人犯だと告発した、という話でした。

「穏やかな話じゃないですねえ。本当に殺人事件の犯人なんですか」

私は何気ない振りを装って、彼に話の続きをさせました。そのときは、もしかしたらネタになるかも、くらいの軽い気持ちでした。

「どうだろうね、殺人といっても、もう二十年以上も前のことだし。そもそも証拠も何もないみたいだから。逆に相手のほうから名誉棄損で訴えられたみたいだよ。俺はどっちのことも昔から知ってるから、ちょっと複雑な心境なんだよな」

「その再婚相手の男というのも、先輩の幼馴染みなんですか」

「ああ、正確には別の幼馴染みの兄さんなんだけどね。親父さんがやってた製材工場を引き継いで、ずっと真面目にやってるひとなんだ。到底あんな酷いことをできる人間じゃないよ。ましてや、あのひとが水色の魔人だなんて……」

「水色の魔人？　何ですかそれは？」

「いや……俺たちが子供の頃、噂になっていた怪しい奴のことだ。水色のレインコートというか雨合羽《あまがっぱ》というか、そんなようなものを頭から被ってたんで、そういう名前が付いたんだけどな。そいつが子供を攫《さら》って殺してたんだ。実際、何人かの子供が行方不明になって、後から遺体が発見された」

「犯人は、捕まっていないんですか」

「ああ、迷宮入りしちまったよ」

「その事件の犯人――水色の魔人が前の嫁さんの再婚相手だと言い出したんですね？　でも告発した以上、何か根拠みたいなものがあったんじゃないですか」

「それなんだが、俺もそいつに直接話を聞いたわけじゃないからよくわからないんだよ。ただ、誰かに水色の魔人の話をしたら、前の嫁さんの再婚相手が事件の犯人だと言われた、ってことなんだけどね」

その話を聞いて、少しだけ予感がありました。

「誰なんですか、そんなことを言ったのは？」

「さあ、なあ。さっきも言ったように俺が直接聞いたわけじゃないから」

先輩は不味《まず》そうな顔でビールを口に運ぶと、

「あの頃、俺たちは探偵団ごっこをして遊んでいたんだ。水色の魔人を捕まえようとしてた。パトロールと称して町中を見回ってるだけだったんだがな。でも偶然というか不幸にもというか、誘拐されて殺された子供たちの遺体を俺たちが発見しちまったんだよ」

「それは……とんでもないことですね」

「ああ、あれ以来、俺たちの人生は変わっちまったのかもしれんな。子供の頃にあんなものを見ちまって、まともでいられるわけがない」

先輩は気弱そうに笑いました。四十五歳を過ぎて独身なのも、それが理由なのか、などと思ったりしましたが、もちろん口には出しませんでした。

「でも俺より草間《くさま》のほうが人生を狂わせちまったかもしれない。もしかしたら、俺にも責任があるかもしれないが」

「草間というのが昔の殺人事件を蒸し返した男の名前なんですね。でも先輩にも責任があるっていうのは?」

「それは……まあ、二十年以上経ってるし、喋っちまってもいいか。草間ってのは昔から厭《いや》な奴だったんだ。自分ひとりが何でも知ってるような顔をして、俺のことを頭から馬鹿にしてた。俺は昔から太ってて動きが鈍かったし喋るのも鈍《のろ》かったから、そう見られるのも無理はなかったかもしれないが、でもあいつは、露骨に俺のことを見下してたんだ。それが腹に据えかねたんで、俺はニッキ――西紀《にしき》って奴と相談して、草間を嵌める計画を立てたんだ。そう、西紀ってのが草間の前の嫁さんと結婚したひとの弟なんだがね」

「何をやったんですか」

「たいしたことじゃない。水色のレインコートを仕掛けた物置まで草間を誘《おび》き寄せて、あいつが物置の扉を開けたとたんにレインコートが飛び出すようにしておいたんだ。計画はうまくいった。草間は腰を抜かしそうなくらいびっくりしてた。俺もニッキも大笑いしたんだ。でも……」

「どうしたんです？」

「そこから先が、よく思い出せないんだ。草間が逃げてきて、俺たちが物置に行こうとして……そこに水色の魔人が……」

「先輩たちが仕掛けたレインコートのことですか」

「そうだと思うんだが……いや……」

先輩は空のコップにビールを注いで一気飲みすると、

「覚えているのは物置のことだけだ。俺たちがレインコートを仕掛けたときには、何もなかった。なのにあのときは……物置の中に、子供の死体が詰め込まれていたんだ」

気がつくと、周囲はしんと静まり返っていました。その場には職場の同僚が十人ほどいたんですが、みんないつの間にか先輩の話に聞き入ってたんです。先輩もそれに気づいたのか、それきり話をやめてしまいました。

飲み会の帰り、私はその先輩と同じタクシーに乗り込みました。送っていくからと強引に同乗させたんですが、目的はもちろん、話の続きを聞くためです。しかし先輩は思い出したくないのか、あまり積極的には話してくれなくなってしまいました。それでもしつこく頼みつづけて、やっと彼に草間の近況を教えた人間のことを話してもらいました。それが西紀智也《ともや》、彼の話に出てきたニッキ、草間の前の嫁さんが再婚した相手の弟でした。

私はさっそく西紀に電話を入れ、会って話を聞きたいと言いました。しかし彼は拒否しました。

——そのことは、話したくない。

にべもない言いかたでした。これは会っても無駄だな、と思いました。

「では草間懋《つとむ》さんの居場所を教えてくれませんか」

と訊いたら、

——あいつは行方不明だ。どこに行ったかわからない。

と、これも冷淡に言われてしまいました。すぐに電話を切られそうなので、最後にひとつだけ訊きました。

「草間さんにあなたのお兄さんが犯人だと告げたのは、誰なんですか」

返事はありませんでした。このまま電話を切られてしまうと思いました。

——エビスとヒサカ、という連中だそうだ。

それだけ、言われました。

「エビス？　エビスってもしかして——」

しかしその先を言う前に、電話は切られてしまいました。

私は受話器を持ったまま、しばらく茫然としていました。

エビス……恵美酒。またこの名前が出てきた。

不思議な話を聞くために新聞に広告を打つ、奇談蒐集家恵美酒一。そして謎の酒場で応募者の話を聞き、その謎を解いてしまう氷坂という性別不詳の人物。

本当にそんな人間たちがいるのだろうか。

受話器を下ろしたときには、決心していました。恵美酒を追いかけようと。

次の日からは恵美酒、氷坂、奇談蒐集家という言葉をキーワードにして調査を始めました。空いている時間すべてを費やし、できる限り調べ回りました。しかし、思わしい結果は得られませんでした。文字どおり、雲を摑むような話です。

そんな日々が続き、遅々として進まない調査にうんざりした私は、その夜、たまたま眼についた店に入りました。いわゆるイングリッシュパブと言われる、カウンターがあってウイスキーを飲ませる店です。恵美酒がいたというストロベリー・ヒルという店もこんな感じかもしれない、などと思いながら水割りを飲んでいました。

ふと、ポケットに入っていたものを取り出しました。仁藤から手に入れた名刺です。恵美酒が存在していたという証拠は今のところ、この名刺だけでした。でももしかしたら、これも仁藤が偽造したものかもしれない、と、そんなことも考えはじめていました。彼と草間の話が妙に一致するのも気になりましたが、それだってただの偶然かもしれない。自分は存在しないものを追いかけているだけなのかも、そんな虚しさを感じながら、名刺を矯《た》めつ眇《すが》めつしていました。

「あの……」

不意に声をかけられました。振り向くと、独りの女性が立っていました。三十歳そこそこか、あるいはもう少しいっているかもしれない。細身で色白で、なかなかの美人でした。着ているカットソーやパンツは高いものではなさそうでしたが。

その女性は私の手許をじっと見ていました。

「何でしょうか」

と訊くと、眼が覚めたみたいに瞬《まばた》きをして、

「あ、ごめんなさい。ちょっとその名刺が気になって……」

「名刺が？　どうしてですか」

「もしかして……恵美酒って書いてありません？」

私は答える代わりに名刺を差し出しました。彼女はまじまじと名刺を見つめて、

「やっぱりそうだわ。あなたも恵美酒さんのところへ話をしに行ったんですか」

と言うのです。驚いたのはこっちのほうですよ。

「あなたもって、じゃあ……」

「ええ、あのひとに話して……それで、わたしの人生が変わったんです」

天の配剤とは、こういうことを言うんでしょうね。私は内心の興奮を抑えながら、彼女——雛倉智子《ひなくらともこ》の話を聞くことにしました。

智子が恵美酒に話したのは、高校二年の冬に出会った不思議な館と、その住人のことでした。冬なのに満開の薔薇《ばら》が咲く庭、そこに住む眉目秀麗な男、彼の奇妙な申し出、そして彼らを観察していた気味の悪い男……。彼女が語る物語は、たしかに奇妙なものでした。

「この話を、わたしは恵美酒さんと氷坂さんにしたんです。そしたら意外なことを言われました。わたしが館の主《あるじ》だと思っていたひとは、じつは雇われた人間で、使用人だと思っていた気味の悪い男こそが館の本当の主なんだと」

「それは恵美酒という男が言ったんですか。それとも氷坂が？」

「氷坂さんのほうです。恵美酒さんはわたしの話を信じてくれたんですけど、氷坂さんが本当はそうじゃないと言い出して……」

氷坂が話した「真相」も、ある意味では智子の話以上に奇妙な話でした。館の主は美男美女を館に導き入れ、彼らを庭の薔薇のための肥やしにしていたというのです。

「もしかしたら、わたしもあの館の庭に埋められて、薔薇に養分を吸い取られていたかもしれないんです」

「それは……幸運でしたね」

私が言うと、智子はふと寂しそうな笑みを浮かべて、

「幸運、だったんでしょうかしら。たしかにわたし、今も生きています。でも館から逃れてからの人生は、それほど楽しいものではありませんでした。大学を諦め、就職をして、見合いで結婚し、子供を産みました。ごく普通の、平凡な人生です。それでよかったのかもしれないけ

ど、でも……」

智子はジンジャーエールの入ったグラスを見つめながら、言いました。

「わたし、去年離婚したんです。直接の原因は夫の浮気なんですけど。でも恵美酒さんたちに話を聞いてもらって、自分の身に起きたかもしれないことを教えられて、なんて言うか、人生の見方が百八十度変わっちゃったみたいな気がしたんです。そうでなかったら、たとえ夫の浮気を知っても離婚なんてしなかったと思います。今は子供を抱えて保険の外交員の仕事でなんとか凌《しの》いでます。本当に『凌いでる』って言いかたがぴったりなくらい経済的には余裕のない生活なんですけど、でも気持ちは前よりずっと自由。自分自身を生きているって感じがするんですよ」

初めて自分で人生の選択をした女性の心情についても興味がないわけではないんですが、私の関心は別にありました。

「その恵美酒という人物と連絡を取ることができますか。新聞広告に載っていた電話番号は?」

「それなんですけどねえ……不思議なんですよ。わたし、新聞広告を見てすぐに電話をして、広告の切り抜きを手帳に挟んだんです。ついでに電話番号も手帳に書き込みました。たしかに、そうしたんです。でも……」

「もしかして、なくなっていた?」

「ええ、切り抜きも。そして手帳に書いたはずの番号も。まるで、最初からそんなものはなかったみたいに。変でしょ? でも、本当のことなんです」

またか、と思いました。話を聞いている途中で半ば予期していたことですが、私は落胆を隠せませんでした。その様子が気になったんでしょう、智子は訳を訊いてきました。私は奇談蒐集家恵美酒一を追いかけている経緯を話しました。

「わたし以外にも恵美酒さんに話をして、奇談の謎解きをされたひとがいるんですね？」

「ええ、しかもみんな、あなたと同じように恵美酒との連絡がもう取れなくなっている。不可解というか理不尽というか……ところで、あなたが恵美酒とあったのはストロベリー・ヒルという店ですか」

「ええ、そういう名前でした」

「そこにもう一度行けます？」

「行けると思います。ちょうどこの通りのすぐ近くでしたから」

「このあたりですって？　本当に？」

「ええ」

私たちがいた店は、仁藤に案内された商店街からは十キロ近く離れた場所にありました。試しに智子に案内してもらうと、案の定というか、やはり彼女も店の場所がわからなくなっていました。

「おかしいわ。この喫茶店の隣に細い路地があったはずなのに……」

智子が佇《たたず》むそこには、雑草の生えた空き地があるばかりで、その向こうは人家が並んで路地なんてどこにもありませんでした。

私は智子にストロベリー・ヒルという店の様子や、店にいた人間たちのことについて事細かに尋ねました。それは仁藤が言っていたことと細かなところまで一致していました。石造りの店、重々しげな木の扉、顎鬚《あごひげ》のあるバーテンダー、店の奥の部屋の様子、そしてちょび髭を生やした恵美酒と、彼に付き添う氷坂という人物の銅のような色の髪。

どう考えてもふたりが赴《おもむ》いたのは同じ店で、出会ったのは同じ人物たちでした。しかしその場所は、まるで違う。

一体これはどういうことなのか……智子と別れた後も、この食い違いは私の頭を悩ませ続けました。合理的に考えようとするなら、同じ造りの店がふたつあって、それぞれ別の場所に彼らは誘《いざな》われたということなのでしょうが、それにしても肝心の店に行くことができなくなっているというのは、どうにも解せません。私はその後も仁藤と智子に案内された場所に何度も足を運び、つぶさに調べました。しかし、謎は解けそうにありませんでした。いや、それどころか私は、さらに混乱するような事実を知ったのです。

ちょうどその頃、有名なシャンソン歌手だった紫島美智《しじまみち》が亡くなりました。テレビでは彼女の業績と歌う姿が何度も紹介されていました。私は彼女にあまり関心がなかったんですが、たまたまテレビを観ていたとき、彼女が生前に残した手記について紹介していたのです。

その中で彼女がパリで歌の勉強をしていた頃の奇妙な出来事について書いていることを知りました。モンマルトルで出会い、淡い恋心を抱いた若い魔術師のことで、彼が魔術と称して行っていたのは、じつは彼の超能力による本物の魔術だったのだ、という話でした。そのエピソードを紹介していたレポーターも、彼女のロマンチックな一面として話しているだけで、本当にあったこととは思っていないようでした。観ている私も、当然のことながら信用はしませんでしたよ。でも、最後にレポーターが語ったことが引っかかりました。

――この本によると後に紫島さんはこの奇談を話して、謎を解いてもらったと書いてあります。

奇談を話して、謎を解いてもらった……同じだ、と思いました。

すぐに本屋に飛び込み、紫島美智の手記を手に入れようとしました。しかしその本は十年前に出版されたもので、すでに新刊書店では見つかりませんでした。

それでも諦める気にはなれません。私は知っている限りの古書店を巡りました。何軒かハシゴをして、やっと一冊見つけました。書架に並べられたどの本よりも古めかしそうな老人が居眠りしながら店番をしている本屋でした。

その場で立ち読みしてみると、例の魔術師の話は間違いなく書かれていました。その箇所を読んでいた私は、ある部分に眼が釘付けになりました。


わたしの不可思議な、奇談とでもいうべきこのエピソードは、ある人物以外には今まで誰にも語ったことはなかった。その人物はわたしの話を聞いて、まるで推理小説の探偵のように合理的な解釈を教えてくれた。それは、ある意味わたし自身が推察していたものと同じだったが、本当にそうだったのかどうか、今となっては確かめることもできない。

彼――パトリスとの思い出には手を触れず、そっとしておいた方がよかったのかもしれない、とも思う。
とはいえ、明快な推理を語ってくれた人物には、今でも感謝している。彼らにも、もう会うことはないかもしれない。あの夜の、ストロベリー・ヒルと名付けられた素敵な店での語らいに、そして彼ら――恵美酒氏と氷坂氏に感謝を。

恵美酒と氷坂……私が追っている者の名前が、はっきりと書かれていました。紫島美智も奇談蒐集家に会ったのです。彼らの存在が活字で残されていることに衝撃を受け、また確信もしました。やはり彼らは、本当にいるのだと。

紫島美智がいつ彼らに会ったのか、この本には書かれていませんでした。でも少なくとも十年以上は前ということになります。恵美酒はそんな昔から新聞に奇談を募集する広告を打っていたのです。

大事な証拠となるこの本を、もちろん私は買い求めました。古本屋の店主が震える手でゆっくりと紙袋に収めるのももどかしく、奪い取るように受け取ると自宅に帰りました。他にも手掛かりとなることが書いてないかどうか、じっくりと調べたかったからです。

紙袋から本を取り出したとき、異変に気づきました。いや、異変というほどたいしたことではなかったかもしれませんが、後から考えると大変なことでした。本が二冊出てきたのです。

どうやらあの店主が間違えて手許にあった本まで袋に詰めてしまったようです。毫碌《もうろく》にも程があるだろうと苦笑いしながら、一緒に入っていた本を手に取ってみました。

題名は『私的な回想録』、著者は矢来和生《やらいかずお》。その名前には記憶がありました。大学の頃、文学史の講義を受けたときに、戦前に名を成した評論家として名が挙がりました。どんなものを書いたり評論していたのかは覚えていませんが。

正直なところ、まったく興味の持てない本でした。ぱらぱらと捲《めく》った後、そのまま放り出そうとしました。が、たまたま目次の文字が眼に飛び込んできました。

「幼少期」、「文学への志」といった平凡な小見出しに並んで、あの言葉があったのです。

「奇談蒐集家」

すぐにそのページを開いてみました。矢来が学生時代に体験した古道具屋での奇妙な体験と、その体験を奇談蒐集家と名乗る人物に語った際の顚末《てんまつ》が書かれていました。といっても具体的にどんな体験をしたのか、それをどうやって話したのかについては、はっきりとは書かれていません。どことなく言葉を濁《にご》すような書きかたがされている。どうやらその一件が原因で彼は妻と離縁したようなのですが、なぜ彼の妻が関わってくるのかもわかりませんでした。

ただ一箇所、妙に具体的に書かれている部分がありました。


私がこの体験を語つた「奇談蒐集家」なる人物――Eといふ名前であつた――は、どことなく胡散《うさん》臭い雰囲気を持つた男性であつたが、彼の従者であるもうひとりの人物もまた、この世のものとも思はれぬ存在であつた。今かうして思ひ返してみても、その人物――たしかHといふ名前であつた——が男であつたか女であつたかも判然としないのだ。だがそのHこそが私の奇談を読み解き、すべてを明らかにしたのであつた。蓋《けだ》し実在のシャーロック・ホオムズといつたところであらうか。

EとH……恵美酒と氷坂。

間違いないと思いました。これは彼らのことだと。

しかし矢来が彼らに会ったのは、この本の記述からすると戦前のことです。六十年以上も昔です。

一体これはどういうことなのか。同じようにみえてじつは別人なのか、それともやはり、同一人物なのか。

恵美酒と氷坂、このふたりのことがいよいよ不気味に、また興味深く思えてきました。何としてでも彼らの正体を知りたい。できれば、会ってみたい。その欲求はますます強くなります。都市伝説の本に書く、なんて最初の理由は、もうどうでもよくなっていました。純粋に自分自身の興味が優先していました。

しかし彼らへと繋がる糸はことごとく切れてしまっている。どうやったら彼らの居場所を見つけ、会うことができるのか、見当もつきませんでした。

悶々とした数日が過ぎ、数週間が過ぎました。ライター仕事のほうも結局断ってしまいました。奇談蒐集家以外のことを追いかける余裕なんてありませんでしたから。

そしてさらに数日が過ぎたとき、不意に、まったく不意に、僥倖《ぎょうこう》が訪れました。そう、新聞にあの広告を見つけたのです。

【求む奇談！　自分が体験した不可思議な話を話してくれた方に高額報酬進呈。ただし審査あり】

夢かと思いました。ありとあらゆる新聞のバックナンバーを引っくり返しても見つけることができなかったあの広告が、その日届けられた朝刊の片隅に載っていたのですから。

喜び勇んで電話に飛びつき、新聞に書かれていた番号に電話しようとしました。しかしボタンを押す寸前に思い止まりました。

ここはひとつ、慎重に事を進めなければならない。電話を入れたところで、向こうが会ってくれるとは限らないのですからね。彼らが求めているのは奇談です。彼らが望むような奇談を用意しておかなければ。

まったくの作り話でもいいか、と最初は思ったのですが、これまで聞いてきた話によると彼ら――特に氷坂という人物の慧眼《けいがん》を免れるのは、難しいかもしれない。何かいい題材はないだろうか。

そんなふうに悩みながら、その日は職場に向かいました。すると、私の職場である小学校で事件が起きました。私の教え子のひとりが誘拐事件に巻き込まれたんです。

その子——田坂大樹《たさかだいき》は一晩で無事に保護されました。犯人は彼の妹を轢《ひ》き殺した男の家族でした。誘拐の経緯は新聞で読んだのですが、奇妙な話でしたよ。しかしそれ以上に、田坂の態度に奇妙なものを感じました。どうも単なる誘拐ではないような予感がしたんです。それで詳しく話を聞いてみると、彼はなんとも奇妙な話を始めました。金眼《きんめ》銀眼《ぎんめ》の猫を連れた奇妙な少年と夜の世界を巡った、という体験でした。

内心、これだと思いましたよ。この奇談を利用しない手はない、と。

私は田坂に新聞広告のことを話し、奇談蒐集家に話を聞いてもらうように仕向けました。彼は素直に従ってくれましたよ。自分から先方に電話し、対面の時間と場所を指定されました。もちろん私は、田坂からその情報を訊き出しました。

そして今夜、田坂はストロベリー・ヒルに向かいました。私が跡をつけていることは、知らなかったはずですよ。気づかれないように追跡しましたからね。おかげで、念願だった店に辿り着くことができました。まさか、私の家のすぐ近くにあるとは思いませんでしたが。

田坂が入っていった後、私はずっと店の外で待っていました。彼は小一時間くらいで出てきたでしょうか。中で何があったのか、どんなことを言われたのか知りたかったのですが、それは後でもわかることです。それよりも何よりも、私自身がしなければならないことがありました。

田坂に気づかれないように遣り過ごし、店のドアを開けました。中はこれまで話に聞いていたとおりでしたよ。誰ひとり客のいない店内に、きっちりとした身なりのバーテンダーが立っていました。

彼が何か言い出す前に、私は言いました。

「恵美酒さんに会わせてくれませんか。約束はないが、とっておきの奇談を話してあげることができますよ」

バーテンダーは私を奥の部屋に案内してくれました。

そして今、こうしてあなたの眼の前にいるわけです。

以上が私の奇談です。如何でしょうかね、恵美酒さん？


すべてを語り終え、山崎暉夫《やまざきてるお》は相手の反応を待った。

ソファに深々と腰を下ろした恵美酒は、スコッチウイスキーの入ったグラスを傾けた後、もう片方の手でシガリロを口に持っていった。紫煙がたなびき、部屋の中に漂った。

「面白い。じつになんというか、面白い話だ」

恵美酒の頬が緩んだ。

「長年に亙《わた》り奇談を集めてきた男か。なかなか興味深い話ではないか」

「他人事のように言いますね。しかし――」

言いかけた山崎を、相手はシガリロを差し出して制した。

「思うにその奇談蒐集家というのはファウスト博士のような存在ではないかな。すべての知識を手に入れながらなお欲求を抑えきれない貪欲な知識亡者だ。となると、彼の従者とやらはさしずめメフィストフェレスというところか。どうだ、そう思わんか」

「どうでしょうね」

背後から突然の声が聞こえ、山崎はぎょっとして振り向いた。

そこには、やはり話に聞いたとおりの人物が立っていた。銅色の髪、白い肌、男とも女とも見分けのつかない容貌。

「あんたが……氷坂さんか……」

自分の声が震えていることに山崎は気づいた。何を怯えているんだ。自分は今、彼らを追い詰めているのだ。恐れることなど、何もない。

「正直なところ、メフィストフェレスに準《なぞら》えられるのは不本意でしょうね。『ファウスト』における彼の役どころは結局のところ道化でしかない。ファウストに付き従って散々苦労した挙げ句、契約どおりファウストが『時よ止まれ、汝はいかにも美しい！』と叫んだというのに、彼の魂を天使に掠《かす》め取られてしまうのですから。私ならそんな役、願い下げです」

そう言いながら彼——あるいは彼女——は山崎の前にハイボールグラスを置いた。中には透明な液体と氷、そしてスライスしたライムが入っていた。

「ジンはタンカレーがお好みでしたね。トニックウォーターもお好みどおりキニーネ入りのものを使っています」

「どうして……」

山崎は相手の眼を見た。見てしまった。瞬間、心臓が収縮するような感覚に襲われた。

「あんたの眼……邪眼……」

「私の眼は左右同じ色ですよ。ただ邪眼ではないのかと言われると、些《いささ》か自信がありませんね」

「ところでどうだ、彼の話は」

山崎の向かいに座った男が、シガリロを燻《くゆ》らしながら言った。

「紛《まが》うことなき奇談と言えるのではないかな。今回ばかりはおまえも認めざるを得んだろうが」

「……そうですね。彼の話はたしかに奇談といえるでしょう。ただし」

「ただし？　何だ？　また難癖を付けようというのか」

「難癖などではありません。注意を喚起《かんき》しておかなければならないことがあるのです。山崎さん」

「……は？」

急に呼びかけられ、山崎は身を強張《こわば》らせた。

「あなた、この一連の話を自分で語っていて、妙だと思いませんでしたか」

「妙、というと……そりゃあ、何から何まで妙な話ですよ。あなたたちの存在そのものが――」

「そうではありません。あなた自身に起こったことに疑問を感じなかったのか、と訊いているのです」

「どういう、ことで？」

「あなたが奇談蒐集家についての話を聞いた経緯、その噂を追いかけていく過程で次々と飛び込んでくる情報、その都合の良さに何の疑問も抱かなかったのだとしたら、あなたは底抜けなまでに楽天家なのか、あるいは愚直なくらい素直なのか、どちらかでしょう」

相手の眼に、冷たい光が宿った。嘲笑めいたものが感じられる光だった。

「それは……多少は思いましたよ。都合が良すぎるよな、とか。でも――」

「でも、うまくいっているから気にしなかった。そうでしょうね。やはりあなたは素直なひとだ。だからこそ、こんなにもあっさりと、ここまでやってくることができたのです」

その言葉を聞いた瞬間、山崎は悟った。

「まさか……これは罠……？」

「いえいえ、そんなものではありませんよ。あなたごときを罠にかける必要など、どこにもありませんから」

「では、一体どういう……」

「誰でもよかったのです。噂を耳にして、それを追いかけてくれる人間なら、誰でもね」

「君には感謝するよ。大いに感謝する」

向かい側の男が、にんまりと笑う。

「おかげで儂《わし》は、奇談となることができた」

「奇談と、なる……どういう意味ですか」

「文字どおりの意味さ。こやつの横槍のせいでずいぶんと手間を取らされたがな」

「横槍とは随分な言いようですね。私はただ完璧を期したまでです。すべては奇談のためにね。おめでとうマスター、我々の仕事は終わりました」

「おまえとの腐れ縁も、これで終わりか。やれやれだな」

「冗談でしょう。奇談となったのはあなたひとりではありません」

「……すると何か、儂は永遠におまえと一緒ということか」

「当然です。奇談蒐集家とその従者の話は、これからずっと、どこかで語られていくはずですから」

山崎は茫然としたまま、ふたりの会話を聞いていた。

「どういうことだ⁉ 俺は、嵌められたというのか！」

「喚《わめ》くでない。君にもそれ相応の報酬は差し上げよう。約束どおりにな」

男が立ち上がった。思っていた以上に大きい。伸し掛かられるような圧迫感を覚え、山崎は後退る。

「そんなものは要らん！ 俺はただ……ただ……」

「ただ？ 好奇心を満足させたかっただけ、ですか」

銅色の髪の下、冷たく光る視線が山崎を捉えた。

「好奇心は猫をも殺す。ご存知ですね？」

山崎は悲鳴をあげた。背後のドアに向かって走り出す。

「おいこら、本当に報酬は要らんのか」

呼びかける声に返事もせず、彼はドアを開けて飛び出した。

背中でドアの閉まる音がする。と同時に喧騒が彼を包んだ。

気がつくと、店は多くの客で賑わっていた。カウンターのスツールは埋まっており、立ったままの客もいる。みんな仕事帰りのサラリーマンのようだった。

山崎は店の中を見回した。カウンターの奥では、あのバーテンダーが忙しく働いていた。さっきと同じようでもあり、どこか雰囲気が変わったようにも見える。

「あの……」

声をかけると、バーテンダーは振り向いた。

「はい、何でしょうか」

「……いや、あのひとたちが……」

「どなたのことでしょうか」

「だから、恵美酒の……」

「あいすいません、国内産のビールは置いてないんです」

「そうじゃなくて、あの……」

と振り向いて、そのまま動けなくなった。

先程飛び出してきたドアが、消えている。そこには古いポスターを貼った壁があるばかりだった。

「そんな……」

山崎は衝動的に店を飛び出した。

彼にも馴染みのある商店街に出た。夜の帳《とばり》が下り、酔客だけが通りを歩いている。

恐る恐る振り向いた。店は消えていない。だがそこには「strawberry hill」などという看板はない。ありふれた名前のバーだった。

「なんて……なんてこった……」

山崎は天を仰いだ。照明に邪魔をされ、星も見えなかった。

自分の身に何が起きたのか、わからない。恵美酒と氷坂、あのふたりがどこに消えたのかも、わからない。

しかし、ただひとつ、わかっていることがあった。

この先、ことあるごとに自分は、自分の体験した不可思議な奇談について語ることになるのだろう。

自分は、信用されようとされまいと関係はない。彼は語り続ける。

その役目を担《にな》わされたのだ。

すべては、奇談のために。

解　説――奇談倶楽部への招待。もしくは幻想への一歩について

井上雅彦

実に素敵なタイトルである。

《ミステリーズ！》に連載していた時から、ひときわこのタイトルは目を惹いていた。『奇談蒐集家』――この連作集が、フランス装風の洒落た単行本にまとまった時には、

「これは素敵な本になったなあ……」

と、すっかりうれしくなってしまった。なにしろ、頁をめくった瞬間に、太田忠司ならではの文章の馥郁《ふくいく》としたムードが、（それこそ本書の舞台となる秘密の酒場で出されるような）ヴィンテージものの洋酒の芳香のようにたちのぼってきて、

「いかにも、太田さんらしいな……」

実に幸福な気分になれるのだ。

この文庫版で、はじめて『奇談蒐集家』の頁を開いた方も、同様の芳《かぐわ》しいムードに包まれるに違いない。

あるいは、はじめて太田忠司の小説をお読みになる方であっても。

そう。本書は、まぎれもなく太田忠司のエッセンスが注ぎ込まれた物語なのである。

なにしろ、本書は、以前から太田忠司が、

「どうしても書いてみたかった……」

と、熱望していた分野の小説なのだから。

そう。その分野こそが――奇談――なのである。


太田忠司といえば、今でこそ本格ミステリの俊英の印象が強い。

少年探偵・狩野俊介、志郎と千鶴の霞田兄妹といった〈名探偵〉の推理や、様々な人生模様を追跡する女性探偵・藤森涼子の事件簿。

そして――『刑事失格』に始まり『Jの少女たち』『天国の破片《かけら》』に続く久々の最新作『無伴奏』に至る、真実を冀求《ききゆう》する主人公――作者の分身ともいえる――阿南の物語……。

いずれも、〈本格〉の魂を宿した名作群であり、太田忠司が、現代の本格ミステリの隆盛を支える重要な役割を果たしてきたことは言うまでもない。

しかし、ミステリ界へのデビュー以前から彼を知っている僕などに言わせれば、太田忠司の愛するジャンルは、本格ミステリに限定されているわけでは、けっしてなかった。

もとはといえば《星新一ショートショート・コンテスト》で選ばれ、この業界の入り口に立った僕たちは、彼の言葉で言う〈トキワ荘時代〉を共に過ごした。

仲間たちとショートショートの同人誌で合評するのみならず、暗号の手紙で文通したり、夜の遊園地を徘徊したりという、少年探偵団めいた〈幼なじみ〉のような――勿論、成人になってからのことだ――遊びをしながら、好きな本や将来への夢を語り合ったものだが、彼の嗜好は、ミステリに止まらず、最新のSFや冒険小説、モダンホラーと多彩だった。

これは、僕たちショートショートでデビューした者に共通する特徴でもある。ショートショートとは、すべてのジャンルを横断し包括し超越するものでもあったし、その書き手には「自分の属するジャンルはショートショート」という意識があったからである。

そんななかから少しずつ自分の個性《いろ》を発色していく。その過程にあったわけだが、ホラーの話をすることの多かった僕に、太田忠司は、自らジョン・ソールが好みであることを告白し、「いつか、マッケンや、M・R・ジェイムズのような話が書きたい」

などと、英国の怪奇作家の名前を出すこともあった。

太田忠司は、幻想嗜好が強かったのである。

だからこそ……。

『奇談蒐集家』という、この素晴らしいタイトルの連作集が出た時、ついにやったな、と僕は思った。なんだか、彼が自分のために送ってくれた招待状のようにすら見えたほどだった。

それは《太田忠司の奇談倶楽部》への招待状……。

一読して確信したのは、この『奇談蒐集家』こそ、まぎれもなく太田忠司による〈奇談倶楽部もの〉の系譜にあたる作品であるということだった。

〈奇談倶楽部もの〉……などというサブジャンル名は、たった今、仮に名付けただけで、あまり一般的に分類定義されているものとはいえないだろう。だが、英米の怪奇小説や幻想小説のなかに、時折、こういう物語を見つけることができる。

それは、本書の舞台のように、現実から切り取られたかのような隠れ家——幸か不幸か選ばれた語り手だけが辿り着く秘密の場所で、美酒とともに語られる、世にも奇怪な物語《オムニバス》である。

たとえば、三つの怪奇譚が披露され、絡み合うアーサー・マッケンの『怪奇クラブ』。

それに影響を与えたスティーヴンソンの『自殺クラブ』(『新アラビア夜話』)。

スティーヴン・キングも「マンハッタンの奇譚クラブ」を書いている。(「スタンド・バイ・ミー」を収録した中篇集『恐怖の四季』の一篇。この中篇のメインディッシュは愛しくも怖ろしい「呼吸法」の物語だが、このクラブは『骸骨乗組員』所収の〈呪いテーマ〉の短篇「握手しない男」にも登場する)

我が国へと目を遣れば、かの百物語——怪談会の主人が頭に浮かぶ。

岡本綺堂の描いた《青蛙堂》。あの小石川の屋敷で開催される「鬼談」の宴こそ、まさに日本を代表する《奇談倶楽部》といえるだろう。

怪談というより犯罪百物語を〈秘密の部屋〉で展開したのが、江戸川乱歩の「赤い部屋」だったし、綺堂流の怪談を現代に復活させた都筑道夫の『深夜倶楽部』という作品集もある。

いや、そもそも、すべての怪奇小説という物語そのものが、作品に選ばれし好事家のために用意された秘密の倶楽部なのかもしれない。M・R・ジェイムズの「好古家の怪談集」などを読むと、つくづく、そう思う。

再び西洋に目を向けて、怪談、奇談の史実を探れば、かの英国の詩人バイロン、シェリーとその恋人メアリー・ゴドウィン（のちのシェリー夫人）たちがスイスはレマン湖畔の山荘ディオダティに集って、催した怪談会を思い出さずにはいられない。フランケンシュタインや吸血鬼の物語を一夜にして産んだといわれるこの宴こそ、リアルな《奇談倶楽部》といえるだろうか。いや、そもそも、この文学の源流を辿るならば、アラビアンナイトにも遡れるだろう。

……………などなどと蘊蓄《うんちく》を傾けて、奇談を礼賛するのは、本書の主人公、《strawberry hill》の奥の間の主、奇談蒐集家・恵美酒一の性癖を真似てみたものだ。

金満家に招かれて、自分の奇談を話すというストーリィは、オー・ヘンリーの「マディソン・スクェア・アラビアン・ナイト」にも似ているが、本作『奇談蒐集家』の恵美酒一は新聞広告を使って呼び寄せるのが面白い。

「求む奇談！」という記事につられて《strawberry hill》を訪れた人々は、高額報酬という条件にも魅了され、謎の奇談蒐集家・恵美酒一に自分の奇談を話すことになる。

恵美酒一は、その奇談にご満悦。自分の蘊蓄まで披露して、奇談を礼賛する。だがしかし。

作者である太田忠司の「奇談の礼賛方法」は、読者の予想もつかないものであった。

なんと語られた奇談を悉《ことごと》く否定するのである。

もうひとりの主人公、謎の助手である氷坂の口を借りて。

「本当に不思議な話なんて、そう簡単に出会えるものじゃない」

にべもなく、冷静な論理で、奇談の幻想性を現実へと解体していく氷坂。

その結末は、苦さすらかんじさせるものだ。ヴィンテージものの洋酒の芳香を伴った苦み。アガサ・クリスティの『パーカー・パインの事件簿』では、「あなたは幸福ですか？　幸福でない方は、パーカー・パイン氏にご相談ください」という新聞広告につられた依頼人は、主人公の与える幻想に心を満たされる。

しかし、「求む奇談！」という記事につられて《strawberry hill》を訪れた人々は、自分の拠り所であったかもしれない幻想を、現実に置き換えられてしまう。

一種の安楽椅子探偵の典型でもあるのだが、その態度は、せっかく作者・太田忠司が書きたかった怪奇幻想までも、全否定しているかのように見えるのである。

なぜ、このようなことを、敢えてしたのか。

「異様な世界に浸っていた読者にとっては、いきなり手品のネタを明かされたような、お化け屋敷に百ワットの照明を灯されたような、そんな興醒め感を覚えさせるもの」

太田忠司はそう語っている。本作についてではない。江戸川乱歩の「赤い部屋」や「人間椅子」などについてである。（引用は、〈Webミステリーズ！　ここだけのあとがき〉より）

「本格ミステリの読者であると同時に怪奇幻想小説の愛読者でもあった僕にとっても、その遣り口は実際のところ、苦いものだった。そのままあっちの世界にいさせてくれてもいいじゃないか、と初読のときは思ったのだ。

なぜ乱歩が作品の終わりをこのような形にしてしまったのか。まだミステリの世界に入ったばかりだった十代の僕は、ずっとそのことを疑問に思っていた」

僕は、トッド・ブラウニング監督の映画『古城の妖鬼』で同様の感想をもった。吸血鬼映画だと思っていたのにラストですべて合理的に解釈される。この映像に登場する白衣の〈吸血鬼〉が闇に舞い降りるシーンは実に素晴らしく、同じ監督の『魔人ドラキュラ』を遥かに陵駕《りょうが》していたのだから、よけいに愕然とした。太田忠司が乱歩作品に抱いた疑問も、よく理解できる。

しかし、太田忠司は、「作品を何度も読み直した後」に、その解答を得ることになる。

「(乱歩は「赤い部屋」などの作品で、幻想の世界を)すべてありふれた現実の世界に引きずり込んでしまった。しかしそれを逆の方向から見れば、幻想の世界が現実の世界と直結させられたということでもあるのだ。

つまり、乱歩は幻想と現実の統一を試みたのだ。もっと言うなら、現実の中に幻想を忍び込ませ、現実の破壊を目論んだのだ」

「以来、一乱歩読者としての僕は、一ミステリ作家として一歩を踏み出すときにも、同じことをしたいと願った。

幻想の現実化＝現実の幻想化」

なるほど——と思った。

かつての怪奇幻想の愛好者が、何故、本格ミステリにこだわりを持つのかも再確認できた。ミステリという舞台を選んだ時、太田忠司は最も〈幻想〉と親和性の高い〈本格〉を選んだのだ。そして、彼は一歩を踏み出した。

本書『奇談蒐集家』に限らない。

太田忠司のすべての本格ミステリ――いや、すべての小説は、幻想小説と紙一重なのである。たとえば、子どものために書かれ、子どもたちから絶大な支持を得た、『黄金蝶ひとり』（講談社ミステリーランド）も、現実を崩壊させるほどの或る手法を使って、子どもたちに小説の面白さ、幻想と本格のスピリット溢れる素晴らしい世界を認識させることに成功していた。原点であるショートショート作家としての才能を結集した『星町の物語』も、現実と隣り合った幻想の愉しさを、星のように鏤《ちりば》めた作品集だった。

『奇談蒐集家』に寄せて、太田忠司は、こうも言っている。

「僕の思惑は、抱え込んでいた奇談を白茶けた現実へと変えられてしまった人々の心の中に生まれた空虚、その暗黒の中にある」

だからこそ、太田忠司は〈幻想〉の価値を問い続けているのだろう。

『奇談蒐集家』の最後の一篇「すべては奇談のために」は、それまでの作品世界を逆転させ、まさに〈幻想の現実化＝現実の幻想化〉を具現化する作品である。この最後の一篇は別格としても、僕は、ラストで明かされる現実そのものがすでに幻想と等価の輝きを放っている二篇、「冬薔薇の館」「金眼銀眼邪眼」という作品が特に気に入ったことを《strawberry hill》の真の主人に伝えて、この特別な《奇談倶楽部》への御招待に対する御礼に代えたいと思う。

本書は二〇〇八年に刊行されたものの文庫化である。（編集部）

著者紹介　1959年愛知県生まれ。81年、「帰郷」が「星新一ショートショート・コンテスト」で優秀作に選ばれた後、90年に長編『僕の殺人』で本格的なデビューを果たす。狩野俊介、霞田兄妹など人気シリーズのほか『虹とノストラダムス』『セクメト』『刑事失格』『Jの少女たち』『無伴奏』など著作多数。

検印
廃止

奇談蒐集家

2011年11月25日　初版
2021年8月20日　16版

著者　太《おお》田《た》忠《ただ》司《し》

発行所　(株)東京創元社
代表者　渋谷健太郎

162-0814/東京都新宿区新小川町1-5
電話　03・3268・8231-営業部
03・3268・8204-編集部
URL　http://www.tsogen.co.jp
振替　00160-9-1565
モリモト印刷・本間製本

乱丁・落丁本は，ご面倒ですが小社までご送付ください。送料小社負担にてお取替えいたします。

ISBN978-4-488-49009-6　C0193